集英社オレンジ文庫

若旦那さんの「をかし」な甘味手帖

北鎌倉ことりや茶話

小湊悠貴

本書は書き下ろしです。

目次

イラスト／ｍｏｋｏ

花の章

【桜餅】

Kitakamakura KOTORIYA

平和だけれど平凡な、代わり映えのない毎日。

だれかの日常を彩《いろど》るために、今日もわたしは料理をつくる。


今朝のダイニングキッチンは、食欲をそそる和食の香りに包まれている。

ほのかに甘く、ふんわりただようこの匂いは、土鍋で炊《た》いた白米だ。きれいに焼き目をつけて、皮はパリッと仕上げた鮭《さけ》の切り身も香ばしい。

ほどよく塩をふった銀鮭は、専用のアルミホイルとフライパンを駆使して焼いた。あいにくこのアパートのキッチンには、魚焼きグリルがついていないのだ。それでもコツさえつかめば、グリルがなくてもふっくらジューシーに焼き上げることができる。

塩気のある鮭の身と、熱々の白いご飯との相性は抜群だ。合わせて頬張《ほお》ったときの旨味《うまみ》を想像するだけで、秋月都《あきづきみやこ》の心はいとも簡単にはずんでしまう。

「うーん。我ながら単純」

そんなことを言いつつも、都の口角は上がっている。

単調な日々を楽しく過ごす秘訣《ひけつ》は、なんてことのない日常の中から、小さなよろこびや感動を見つけ出すこと。幸福とは案外、そういうところにあるような気がする。

「あとは卵か。えー、まずは玉子焼き用のフライパンを用意します」

料理番組の講師になった気分で、都はシンク下の収納を開けた。

十八歳でひとり暮らしをはじめてから、この春で丸七年。

二十五歳になったいまでは、ときおり漏《も》れるひとりごとにも慣れたものだ。

熱したフライパンには油をひき、だし汁と少量の醤油《しょうゆ》、そして甘酒を加えて混ぜ合わせた卵液を流し入れる。じゅわっという音とともに、卵が焼けるいい香りが広がった。半熟のうちにくるくると巻き、手前に寄せてから、ふたたび卵液を流していく。

玉子焼きは時間との勝負だ。ぐずぐずしていたらかたまってしまう。

三度に分けて卵液を流し、きれいに表面を焼き上げると、巻きすを使って形をととのえた。できあがっただし巻き玉子は丁寧に切り分け、見栄えがするよう、盛りつけにも気を配る。最後に大根おろしを添えれば──

「美しい……！　会心の出来だわ」

長角皿を顔の高さまで持ち上げて、都は完成した「作品」をうっとりと見つめた。

料理は味や香り、食感もさることながら、見た目も非常に大事だと思う。自分のように食事をつくることを仕事にしている者であれば、なおさらだ。お客によろこんでもらえるのなら、時間が許す限り手間をかけたい。

だし巻き玉子のつくり方は、東京の調理師専門学校に通っていたとき、バイトをしていた小料理屋の店主から教わった。砂糖の代わりに甘酒を使うと、上品な甘さに仕上がるのだ。ポイントは酒粕《さけかす》ではなく、米麹《こめこうじ》からつくられたものを選ぶこと。香りがよく、口あたりはしっとりふわふわ。味わい深いだし巻き玉子を楽しめる。

都は上機嫌で、ダイニングテーブルに朝食の皿を並べていった。

土鍋で炊いた白いご飯（おこげつき）に、春キャベツと桜海老《さくらえび》の味噌汁《みそしる》。おかずは焼き鮭と、甘酒入りのだし巻き玉子。小鉢には春の味覚を感じられる、タラの芽のゴマ味噌和《みそあ》えを盛りつけた。

「山菜もいいけど、アスパラも食べたいなぁ」

そうだ。今夜は天ぷらにしよう。

桜海老が残っているから、新玉ねぎを買ってきて、かき揚げにしてもよさそうだ。せっかくの休日だし、夕食も豪華なものをつくりたい。普段は節約しているし、たまには贅沢《ぜいたく》をしてもいいだろう。

都にとっての料理は、生活の一部であり、仕事であり、趣味でもある。

だから住む場所も、自炊《じすい》がしやすく、ゆっくり食事ができそうな部屋を選んだ。いま住んでいるのは、鎌倉《かまくら》市のはずれにある二階建てのアパートだ。

間取りは一DKで、六畳のダイニングキッチンがついている。コンロは二口で（本当は三口がよかった）、魚焼きグリルもなかったが（グリル料理を極めたかった）、予算との兼ね合いで妥協したのだ。とはいえ、このキッチンは調理スペースが広めで使いやすく、東向きの窓から朝日も入ってくるので気に入っている。

家賃は相場よりも安いのだが、そのぶん築年数が古い。最寄りの大船《おおふな》駅からは、歩いて約十五分。寝室も狭くて四畳半しかないけれど、リフォームはきちんとされている。以前に住んでいたワンルームとくらべれば、天国のように快適だ。

広めのキッチンを選んだものの、都はフルタイムで働いている。平日は自炊をする余裕がなく、朝はトーストとコーヒーばかり。夜も買ってきたお惣菜《そうざい》やお弁当、もしくは外食ですませる日のほうが多かった。そのため自宅で手のこんだ食事をつくるのは、仕事が休みのときだけだ。

エプロンをはずした都は、いそいそと椅子《いす》に腰かけた。

「ではでは。いただきまーす」

至福の笑みを浮かべながら、両手を合わせたとき――

この瞬間を待っていたかのように、テーブルの上に置いていたスマホが鳴った。思わぬ襲撃（？）に、都は「ひっ」と体をふるわせる。

「で、電話……!?」

時刻は八時を少し過ぎたところだ。こんな朝からだれだろう?

ずれた眼鏡を直しながら、都はスマホに手を伸ばした。

ディスプレイに表示されていたのは、「花園《はなぞの》家事代行サービス」の文字。保育園の調理師から転職し、一年ほど勤めている会社だ。

知らない番号ならスルーしようと思ったが、これは無視できない。

「はい、秋月です」

『あ、ミャーコちゃん? お休みなのに電話しちゃってごめんね!』

聞こえてきたのは、花園社長の明るい声。小さな会社とはいえ、社長みずから公休日の社員に連絡してくるなんて、めったにあることではない。

ちなみにミャーコというのは、都のあだ名だ。アッキーとかみやちゃんとか、いろいろな名前で呼ばれたが、ミャーコがいちばんなじみ深い。そんな話をすると、社長もいつしかそう呼ぶようになっていた。「目が大きくて猫っぽいからぴったり」らしい。

——それはともかく。

背筋をぴんと伸ばした都は、仕事モードのスイッチを入れた。

「おはようございます。どうかされましたか?」

『ちょっと頼みたいことがあるんだけど。今日、なにか予定とかある？』

「予定ですか？　本日は朝食後、食材の買い出しに。お昼はきのこと山菜のスープパスタをつくります。夜は豪勢に天ぷらを揚げてみようかなと」

『あら素敵。その料理への情熱と腕、ぜひともお借りしたいわ』

「え？」

社長は『急で申しわけないんだけど』と、前置きしてから続ける。

『ミャーコちゃん、お願い！　これからひと仕事してもらえないかしら？』

「ひと仕事？」

『新規のお客さんで、お試しプランの料理コースをご希望の方がいるのよ。本当は佐伯《さえき》さんに行ってもらう予定だったんだけど、ギックリ腰になっちゃって』

「ギックリ腰!?　大丈夫なんですか？」

『しばらくは動けないみたいねえ。でも、旦那《だんな》さんが看病してくれるそうよ』

（そういえば、このところ腰の調子がよくないって言ってたっけ……）

最年長のスタッフでもある彼女は、たしか今年で還暦を迎える。主婦歴は三十五年、この仕事をはじめて二十年になるベテランだ。都も入社してから数か月は、彼女の下について、仕事のやり方を教えてもらった。

『ほかの料理担当は、別の仕事が入っていてね。頼みの綱があなたなのよ』

花園家事代行サービスは、二十年前、花園社長が立ち上げた会社だ。

大船駅の近くに事務所を構え、依頼内容に適したスタッフを派遣している。ほとんどが女性で、男性スタッフはふたりだけ。家事が得意な男性は増えていても、それを仕事にする人は、まだ少ないのかもしれない。

掃除や片づけ。洗濯《せんたく》にアイロンがけ。食事の支度はもちろん、つくり置きの料理やパーティー用のオードブルなども請《う》け負っている。ペットの世話も可能で、犬か猫に限り、散歩やエサやり、ケージの掃除といったサービスを行っていた。

あらゆる家事を一手に引き受ける家政婦とは異なり、この会社では、やってほしいことをピンポイントで依頼できる。組み合わせも自由で、定期契約を結べば指名も可。顧客はひとり暮らしの社会人や共働き家庭、老夫婦までさまざまだ。

入社したスタッフは研修を経《へ》て、適性に合わせた家事を専門にしている。

都は調理師免許を持っているため、料理の担当になった。スタッフの中では最年少のうえ、家事代行業に就いてからもまだ一年。それゆえ経験不足と思われてしまうことも多いのだが、資格でなんとかカバーしているのだ。

「ですけど、社長」

眼鏡を押し上げた都は、遠慮がちに口を開いた。

「わたし、お試しプランを担当するのって、はじめてなんですが……」

『佐伯さんは、いまのミャーコちゃんならできるって言ってたわよ。それに新規といっても、今回は琴《こと》ちゃん経由の依頼でね。だから身元もはっきりしていて安心よ』

琴ちゃんというのは、社長の友人で家政婦仲間だ。社長は若かりしころ、凄腕《すごうで》の家政婦として引く手あまただったと聞いている。

『あ、もちろんお休みは別の日に振り替えるから！』

「でも、本当にわたしでいいんですか？　なにか不手際があったら」

『あなたなら大丈夫よ。自信を持って』

「……」

『これで定期契約につなげることができたら、夏のボーナスもアップするわよ？』

「わたしにおまかせください、社長！」

気がついたときには即答していた。うまく乗せられてしまったような気もするが、そもそも社長の頼みを断れるはずがないのだ。不安はあるけれど、自分の働き次第でボーナス額が上がると聞けば、やる気も湧いてくる。

（ボーナスをもらったら、ほしかったホーロー鍋を買おう。あこがれの鋳物《いもの》……！）

前回のボーナスは、半分が生活費に消え、もう半分を貯金に回した。今回は自分へのごほうびとして、ひとつくらいは好きなものを買ってもいいだろう。夏のうちに鍋を手に入れることができれば、秋冬には思うぞんぶん煮込み料理がつくれる。

ああ、なんて素敵なパラダイス。考えただけで胸が躍《おど》る。

『それじゃ、すぐに支度して事務所に来てね。詳しく説明するから』

通話が切れると同時に、都ははっと我に返った。

「すぐに……?」

いま身につけているのは、ノリで購入したおもしろデザインのTシャツに、くたびれたスウェットパンツ。長い髪は適当なひとつ結びで、もちろんメイクもしていない。使った調理器具もそのままだし、なにより——朝ご飯を食べていない!

空腹では仕事に支障が出る。まずはお腹《なか》を満たさなければ。

箸《はし》をとった都は、大急ぎでご飯をかきこみはじめた。

支度をととのえ、バタバタと家を飛び出してから一時間後。

改札を通り抜けた都は、北鎌倉駅の西口から外に出た。

（約束の時間は十時だから、五分前につけばちょうどいいかな）

遅刻は論外だけれど、はやすぎる訪問も迷惑になってしまう。インターホンを鳴らすのは、約束の時間になってからだ。

顔を上げた都は、あたりをぐるりと見回した。

北鎌倉は、大船からJR横須賀線《よこすか》でひと駅。その隣が鎌倉駅だ。

大船駅には直結のショッピングビルや駅前商店街があり、鎌倉駅のそばには観光名所の小町《こまち》通りがあるため、にぎやかで活気にあふれている。その間に挟まれた北鎌倉は、両隣の駅とは異なる雰囲気を持つ、山々に囲まれた閑静《かんせい》な地域だ。

駅舎は素朴《そぼく》で、周囲に大きなビルもロータリーもない。観光地としては魅力的だが、生活するには不便なところもありそうだ。

北鎌倉には、境内《けいだい》に線路が通る円覚寺《えんがくじ》を筆頭に、明月院《めいげついん》や建長寺《けんちょうじ》、東慶寺《とうけいじ》といった歴史ある寺院が点在している。観光客も多いが、喧騒《けんそう》とは無縁。いつ来てもゆったりとした雰囲気に包まれており、自然と心が落ちついていく。

都は仕事用のトートバッグの中から、折りたたまれた紙をとり出した。

印刷されているのは、このあたりの地図。迷わないよう、花園社長が赤ペンで道順を書き記してくれたのだ。

ここから少し歩くようだが、時間にはまだ余裕がある。

（えーと、まずはこっちに曲がって……）

都は地図を頼りに歩き出した。

今回ははじめてなので徒歩で向かうが、依頼主の許可が下りれば、社用の自転車やスクーターで行くこともある。駅から遠い家は、電車やバスを乗り継ぐよりも、スクーターを使ったほうがはるかに楽だ。

大通りから横道に入り、しばらく歩き続けていると――

「ここ……だよね？」

足を止めた都は、目の前の門をじっと見つめた。

視線の先にあるのは、瓦《かわら》が葺《ふ》かれた数寄屋門《すきやもん》。色あせた柱や木戸門を見れば、ひと目で古いものだとわかるのだが、そのぶん情緒にあふれていた。侘《わ》び寂《さ》びと表現すればいいのだろうか。長い年月を経たことで、独特の趣《おもむき》と美しさを生み出している。

木戸門は半分開かれており、古そうな日本家屋がちらりと見えた。

重厚な門構えを見たときから予想はしていたが、これは家というよりも、屋敷と呼んだほうがふさわしい。家事代行どころか、住みこみの家政婦がいてもおかしくないような雰囲気をただよわせている。

(鎌倉山《かまくらやま》の高瀬《たかせ》家に似てるかも。どっちのほうが広いんだろう)

　仕事先のひとつである政治家の屋敷を思い浮かべたが、すぐに我に返る。

　腕時計を見れば、約束の時間まであと三分。訪問の前に、身だしなみをチェックしておかなければ。都はコンパクトミラーをとり出し、自分の姿を確認した。

　家に上がる仕事なので、清潔感には気を配っている。会社で決められている服装は、装飾がなく動きやすいトップスに、黒いズボン。そして仕事中のエプロン着用だ。

　いま着ているのは、襟《えり》がついた白いシャツに、細身のパンツ。きちんとした印象になるよう、上着はテーラードジャケットを選んだ。普段は眼鏡だけれど、気を引きしめるためにコンタクトをつけ、髪はいつものように頭頂部でお団子にまとめている。

　爪は日頃から短く切っているし、控えめにしたメイクも崩れていない。あとは礼儀正しくふるまって、真面目に仕事をすればいい。

(とは思うものの、やっぱり緊張する……!)

　何度か深呼吸をしてから、都はインターホンを探した――が。

　門柱には「羽鳥《はとり》」と表札がついているのに、肝心《かんじん》のインターホンがない。

　もしやここではなく、玄関ドアの横にあるのだろうか。木戸門が開いているのも、そのためなのかもしれない。

勝手に入っていいのか迷ったが、いつまでもぐずぐずしていたら、約束の時間を過ぎてしまう。都は「失礼します」とつぶやいてから、おそるおそる門をくぐった。

敷地内に足を踏み入れると、都は思わず息を飲んだ。

「――――」

目を奪われたのは、一本の樹木。

ひとつの木に、白と紅《べに》色、そして薄桃色の花が咲いている。やわらかく垂れ下がっている枝は、優雅な貴婦人のように美しい。

三色のあでやかな花が咲きこぼれる様は、満開の染井吉野《そめいよしの》よりも色彩豊かで、華やかに見える。周囲にただよう静謐《せいひつ》な空気と、どこからか聞こえてくる小鳥のさえずり。門をくぐっただけなのに、桃源郷《とうげんきょう》にでも迷いこんだかのような気分になった。

枝が垂れ下がる木の下には、赤い毛氈《もうせん》に覆《おお》われた腰かけが置いてある。茶屋の店先で見かけるような、和風のベンチだ。ぽっちゃり気味の三毛猫が一匹、お腹を丸出しにして寝転んでいる。青い首輪をつけているから飼い猫だろう。

（八重桜《やえざくら》に似てるけど、違うよね？　なんて名前の花なのかな）

引き寄せられるようにして近づいた都が、木の幹にそっと触れたとき――――

「ハナモモ」

「え？」

ふいに聞こえてきた声におどろいて、都は反射的にふり向いた。

「それは枝垂《しだ》れ花桃《はなもも》の木です。源平《げんぺい》咲きはよりいっそう、華やいで見えるでしょう」

「源平咲き……？」

「その木は紅白絞りもあるので三種類ですが、一本の木に赤と白の花が咲くことを、源平咲きと呼ぶんですよ。由来は平安時代に起こった源平合戦で、それぞれの旗色に見立てているとか。源氏は白で、平氏が赤ですね」

丁寧な解説を披露してくれたのは、ひとりの男性だった。

「咲き分ける色の割合は、年によって異なります。その木は白が優勢になることが多いですね。ここは鎌倉ですから、源氏を贔屓《ひいき》しているのかもしれません」

年齢は三十歳くらいだろうか。中肉中背で、うぐいす色の着物を着こなしている。ただそこに立っているだけなのに、その姿は雅《みやび》やかだ。やや長めの前髪が、額にさらりと流れている。切れ長の目は涼しげで、ミステリアスな印象も受けた。

男性の肩には、スリムな体格の三毛猫があたりまえのように乗っている。ベンチに寝転がっている猫とよく似ていて、こちらは赤い首輪をつけていた。男性にあごの下をくすぐられ、三毛猫は気持ちよさそうに目を閉じる。

そんな愛らしい仕草を見ても、男性は眉ひとつ動かさない。ずっと無表情でにこりともしないが、三毛猫をかまう手つきは優しく見える。

都にも解説をしてくれたし、見た目ほど気むずかしくはなさそうだけれど……。

「――ところで」

花桃の木を見上げていた男性が、ふたたび都に視線を戻した。

「あなたはどこのだれですか」

その言葉で、都はようやく自分の立場を思い出した。

そうだ。ここは桃源郷ではなく、依頼主の家。都はあわてて頭を下げる。

「勝手に入って申しわけありません！　外にインターホンがなかったもので……。わたくし、花園家事代行サービスの秋月と申します」

「家事代行サービス？」

男性が形のよい眉を寄せた。予想外の反応に、不安がよぎる。

「お試しプランのご利用で、十時にうかがうお約束をしておりまして。本来は佐伯が担当する予定でしたが、急病のため、わたくしが代理でまいりました」

都が差し出した名刺を受けとった男性が、淡々《たんたん》とした口調で言った。

「風流な名前ですね。情景が目に浮かぶ」

「え？　あ、ありがとうございます」

フルネームを褒められたのだとわかると、嬉《うれ》しい一方で、複雑な気持ちにもなる。

秋月というのは、母方の苗字《みょうじ》だ。幼いころは父方の苗字を名乗っていたのだが、中学に上がる前に両親が離婚し、ひとり娘の都は母親に引きとられた。母は都が二十歳《はたち》のときに再婚しており、現在はその相手と暮らしている。

「それはそうと、僕は家事代行など頼んでいませんが」

「えっ!?」

あっさりそんなことを言われてしまい、一瞬、頭の中が真っ白になった。

もしかして、訪問する家を間違えてしまったのだろうか？　しかし地図に記された場所はここだったし、表札も確認した。この家で合っているはずなのに。

「あの……。こちら、羽鳥さまのお宅ですよね？」

「ええ」

「鈴木琴子《すずきことこ》さんの紹介だとうかがいましたが、ご存じありませんか？」

「その名前は知っていますが……」

どうやら彼女と知り合いだというのはたしからしい。これで知らないと言われたら、さらなる混乱に陥《おちい》っていたところだ。

「あっ！　もしかして、ご家族のどなたかが依頼されたのでは？」

「家族……？」

鉄壁の無表情を貫いていた男性の眉が、ぴくりと動いた。

わずかな変化だったが、反応したということは、心あたりがありそうだ。これだけ大きな屋敷なのだから、住人が彼ひとりだけとは限らない。ほかの住人が依頼して、彼に伝え忘れたという可能性もあるのだ。

「同居人に確認します。少し待っていてください」

着物の袖口《そでぐち》に手を入れた男性が、袂《たもと》からスマホをとり出した。現代なら普通のことなのに、どこか浮世離れしている彼の手にあると、なんだか不思議な気分になる。

三毛猫を地面に下ろしてから、男性はどこかに電話をかけた。

やはり彼は、ひとり暮らしではなかったらしい。こちらとしては、その同居人が依頼主であることを願うばかりだ。

「恭史郎《きょうしろう》さん？　一成《いっせい》です」

男性が話しはじめた。苗字が羽鳥なら、一成は下の名前だろうか。

「いま、家のほうに家事代行サービスの人が来ているのですが、あなたが依頼したんですか？　……は？　そんな話は聞いてませんよ。笑ってごまかさないでください」

敬語は使っているものの、明らかに口調がぞんざいだ。

それだけ気を許している相手なのだろう。とはいえ、なにも聞かされていなかったようだし、不機嫌になるのも無理はない。

（やっぱり依頼主は、同居人のほうみたいね。家族かどうかは謎だけど）

親しい間柄のようではあるが、関係性がまったくわからない。

おとなしく待っていると、やがて男性——一成がうなずいた。

「わかりました。台所に通せばいいんですね?」

どうやら話がまとまったらしい。通話を切った一成が、都のほうに視線を向ける。

「さきほどは失礼しました。同居人が申しこんでいたそうです。こちらに伝えておくのを忘れていたとのことで」

「そうでしたか。依頼が事実でよかったです」

都はほっと胸をなで下ろした。

追い返されたらどうしようかと思っていたが、その心配はなくなったようだ。

「同居人はいま、所用で外出していて……。昼ごろには帰れるそうですが、それまで待つわけにもいかないでしょう。依頼人が不在でも、仕事はできますか?」

「はい。家に上がる許可をいただければ」

「では、依頼人の代わりに許可します。——桃《もも》、源《げん》、おいで」

赤い首輪をつけた三毛猫が、呼びかけに応じるように愛らしい鳴き声をあげた。青い首輪の三毛猫も、一成の声を聞いてのっそりと起き上がる。三毛猫はほとんどがメスだと聞いたが、名前からして、青いほうはオスなのかもしれない。

「台所に案内します。ついてきてください」

「はい！」

さあ、いよいよ仕事開始だ。

気を引きしめた都は、一成のあとについて歩き出した。


「どうぞ」

「お邪魔します」

（はじめて入るお宅って、やっぱりドキドキするなぁ）

引き戸を開けた一成にうながされ、都は緊張しながら中に入った。

上がり框《かまち》をまたいで家に上がり、履《は》いてきたローヒールのパンプスをそろえて端に寄せる。訪問時のマナーは、入社後の研修でみっちり叩きこまれた。

「スリッパを」

「ありがとう、ございます……？」

（ぶ、文鳥柄のスリッパ!?　ラブリー！）

真顔で出されただけに、そのギャップにおどろいてしまう。もしかして、意外と可愛《かわい》いものが好きなのだろうか？　そうだとしたら微笑《ほほえ》ましい。

いい具合に緊張がほぐれ、都はほっとしながらスリッパを履いた。

羽鳥家の玄関は、木のぬくもりを感じさせる純和風。

格調高い雰囲気はそのままに、最低限のリフォームを行っているようだ。木材は深みのある飴《あめ》色で統一され、築浅の家にはない風格をただよわせている。

大きな靴箱の上には、平べったい花器《かき》が置いてあった。飾られているのは、春爛漫《らんまん》をテーマにしたような、みごとな活《い》け花だ。満開の花を咲かせた桜の枝に、蝶々《ちょうちょう》のような花をつけた、薄紫の可憐《かれん》なスイートピー。そして――

「えーと……。この、黄色い花をつけた枝は」

「レンギョウ」

「きれいですねえ。こちらはどなたが活けられたんですか？」

「僕です」

そっけない返事だったが、一成はきちんと答えてくれた。

「定期的に来客があるので」

「玄関が明るくなっていいですね」

都は口元をほころばせながら、芸術的な活け花を鑑賞した。

趣のある花器に、美しく飾られた花々。それらはお客の目を楽しませると同時に、玄関の印象も華やかなものにしてくれる。季節感も演出されているし、お客に対するこまやかな気配りが感じられた。

(活け花をたしなむ男性……。華道家?)

一成は和服を着慣れているようだし、何気ない所作にも品がある。

華道家でなくても、和に関する職業のような気がした。着物と華道が趣味の会社員という可能性もあるけれど、しっくりこない。スーツ姿がまったく想像できないので、どのような職に就いているのか興味を引かれる。

しかし、それをたずねることはできなかった。顧客の個人情報は詮索《せんさく》するなと、社長から厳しく言い渡されているのだ。

(定期契約を結べたら、知る機会もありそうだけど……)

とりとめのないことを考えていると、前を歩いていた一成が足を止めた。

「ここが台所です」

台所と廊下の境目には、柄物《がらもの》の暖簾《のれん》がかかっている。

「これはオカメインコかな。小鳥がお好きなんですか？」

「嫌いではないですが、暖簾もスリッパも、買ってきたのは同居人ですよ」

一成が暖簾をかき分け、台所に入った。都もあとに続く。

ダイニングも兼ねた羽鳥家の台所は、思っていたより広かった。

四人がけのテーブルと椅子に、年季が入った、昭和レトロな食器棚。電子レンジや炊飯器、電気オーブンといった調理器具もあるものの、どれも型が古そうだ。ほどよく雑多であたたかみのある雰囲気は、田舎の祖父母の家を思い出させる。

「同居人曰《いわ》く、必要な食材や調味料はそろえたそうです。台所にあるものでしたら、自由に使ってもらってかまいません」

「承知しました」

「同居人は、昼食の支度を頼んだと言っていましたが……」

「はい。事前に献立《こんだて》のリクエストもいただきました。定期契約の場合は、食材の買い出しも承《うけたまわ》っているんですけど、今回はお試しプランなので」

「なるほど」

「昼食に加えて、冷凍保存が可能なおかずも何品かおつくりします。羽鳥さまは体質的に食べられないものとか、苦手な食材などはありますか？」

「苦手なもの……」

視線を宙にさまよわせた一成が、少し言いにくそうに続ける。

「わさびとか、辛子《からし》とか、マスタードとか……。子どもっぽいかもしれませんが」

「いえいえ。わたしが担当しているお客さまの中にも、辛味が苦手な方はいらっしゃいますよ。お料理には入れませんのでご安心を」

ジャケットを脱いだ都は、バッグの中から芥子《からし》色のエプロンをとり出した。会社から支給されたもので、仕事の間は着用する決まりなのだ。焦《こ》げ茶色の腰紐《ひも》は前結びにして形をととのえ、ポケットにスマホや財布などの貴重品を入れる。

「それでは、仕事をはじめますね。あ、その前に洗面所をお借りしたいのですが」

「廊下のつきあたりです。使いたいときはご自由にどうぞ」

都は洗面所で手を洗ってから、契約書に再度目を通した。

今回の依頼は、お試しプランの三時間コース。はじめての家は勝手がわからないし、いつも以上に時間がかかると思っておいたほうがいいだろう。時間の配分を考えつつ、きびきびと働かなければ。

「秋月さん」

冷蔵庫のドアを開けた一成が、こちらに背を向けたまま言う。

「僕は離れで仕事をしているので、なにかあったら呼びに来てください」

「離れ……ですか」

「裏庭にある建物です。行けばすぐにわかりますよ」

冷蔵庫から緑茶のペットボトルをとり出した一成は、そう言って台所をあとにした。どうやら彼は、在宅で仕事をしているらしい。

彼の職業は気になるけれど、いまは自分の仕事に集中しよう。

（まずは、どこになにがあるのか確認しなきゃ。食材もチェックして……）

腕まくりをした都は、気合いを入れて作業にとりかかった。


正午を回ると、昼食の支度も佳境に入った。

三枚おろしにした鯵《あじ》の身は、塩コショウをふって下味をつける。それから小麦粉をまぶして、溶き卵の中にくぐらせた。最後にパン粉をしっかり定着させれば、準備完了だ。

都は鉄製の天ぷら鍋にサラダ油をそそぎ、火にかけた。

中温になったところで、菜箸《さいばし》で挟んだ鯵の身を入れる。

揚げ物特有の音と香ばしい匂いに、都の食欲が大いに刺激された。

「あー、お腹すいた」

勝手にひとりごとが漏れてしまう。

この仕事が終わったら、同じものを食べに行こうか。事務所の近くに、安くて味もいい定食屋があるのだ。ここ数日、お昼は常備菜を詰めたお弁当ばかりだったし、今日は休日出勤もしている。ささやかなごほうびで、自分の機嫌をとるのは大事なことだ。

(そうだ。このまえ社長にもらった百円引きのクーポン券！　あれ使おう)

そんなことを考えていると、衣の色が変わってきた。

からりと揚がったアジフライは、美しいきつね色。網バットの上にのせ、油を切りつつ余熱を通す。揚げる時間が長すぎるとパサつきの原因になるのだが、余熱ならふっくらとした食感に仕上げられる。

本日のメインは、衣はサクサク、中はジューシーなアジフライ。背開きではなく三枚おろしにして、食べやすくした。もちろん千切りキャベツも添えてある。

副菜は蕪《かぶ》のそぼろ煮と、ワカメとキュウリの酢《す》の物を用意した。

そしてグリーンピースを使った豆ご飯と、豆腐《とうふ》と油揚げの味噌汁が、今回の献立だ。

昼食のほかにも、何日か保存できるおかずもつくっておいた。依頼人は自炊をあまりしないそうなので、買ってきてもらった食材はほぼ使い切っている。

(時間もだいたい予定通り。料理の出来も合格点!)

完成した昼食は、近くの居間に運ぶことになっている。一成たちの食事中に、使った調理器具などを洗っておけば、規定時間内にすべての仕事が終わるだろう。あとは自分がつくった料理が、依頼人の口に合うかどうかだ。

初回限定のお試しプランは、気軽に家事代行サービスを体験してもらいたいという狙いから、料金もリーズナブルに設定されている。定期契約につながるかどうかは、担当者の腕次第。料理の技術はもちろん、人柄も同じくらいに重要だ。

そしてお試しプランは、会社の第一印象を決定づけるものでもある。気に入らなければそれっきり。逆に信頼を得ることができれば、指名で定期契約を結ぶという道が開くのだけれど――

「お、いい匂いだ」

小鉢に酢の物を盛りつけていた都は、はっとして顔を上げる。

「この家で揚げたての香りがするなんて、何年ぶりかな」

暖簾をかき分け、こちらをのぞいていたのは、背の高い男性だった。

クラシックな三つ揃《ぞろ》えのスーツは、オーダーメイドなのだろうか。ファッションには疎《うと》い都でも、ひと目で仕立てがよいものだとわかる。ジャケットは肩にひっかけ、ネクタイの結び目もゆるめているのに、それすらお洒落《しゃれ》に見えてしまう。

ダークブラウンの髪は襟足が少し長めで、ビジネスマンにしてはゆるい髪型のような気もするけれど、彼にはよく似合っていた。常に微笑んでいるような優しげな顔立ちは、無表情の一成とは正反対だ。

年齢は三十代の半ばくらいに見えるが、ただの会社員というよりは、やり手の経営者のような雰囲気だ。青年実業家という言葉が頭に浮かぶ。

都と目が合うと、男性はにっこり笑った。なんというか、慣れている。

「家事代行の人？」

「あ、はい！　花園家事代行サービスの秋月と申します」

「ん？　担当はたしか、佐伯さんじゃなかったかな」

「佐伯は急病につき、代理でまいりました。こちらの都合で申しわけありません」

「いやいや。おいしいアジフライをつくってくれる人だったら、だれでもかまわないよ」

アジフライは依頼人のリクエストだ。ということは、この男性が依頼人であり、一成の同居人なのだろう。

「最近はご無沙汰《ぶさた》で、食べたくてたまらなかったんだよ。うん、いい色合いだ」

揚げたてのアジフライを見た男性は、嬉しそうに声をはずませた。

「ところで、うちの若旦那はどこにいるのかな？」

「若旦那？」

「一成くんのこと」

都はぱちくりと目をしばたたかせた。彼は一成のことをそう呼んでいるのか。

おどろいたけれど、似合うなとも思った。北鎌倉の桃源郷にひっそりたたずむ風情《ふぜい》ある屋敷に、着物姿の若旦那……。妄想、もとい想像をかき立てられる。

「羽鳥さまは離れのほうでお仕事をされています」

「ああ、そろそろ引き渡しの時間か」

「引き渡し？」

都が首をかしげると、男性は「これは失礼」と苦笑した。台所に入ってきた彼は、肩にひっかけていたジャケットをさぐり、シックな色味のカードケースをとり出す。

「挨拶《あいさつ》のほうが先だよな。はじめまして、各務《かがみ》です」

渡されたのは、縦型の名刺。シンプルなデザインで、各務恭史郎と記されていた。右上には屋号らしき名前と、鳥をモチーフにしたシンボルマークも印字されている。

菓子工房　ことりや本舗《ほんぽ》

「お菓子屋さん……ですか？」

「そう。とはいっても、店頭販売はやっていなくてね。受注専門で、主に茶席用とか贈答向けの和菓子をつくっているんだ。ネット販売もしてるけど、基本は箱売りだね。実店舗もないし、知る人ぞ知る店って感じかな」

「和菓子……」

都は名刺を持つ手に、ぐっと力を入れた。

屋号からして、洋菓子ではなさそうだとは思ったけれど……。

反射的に顔がこわばってしまい、都はあわてて下を向いた。自分がいま、どんな表情をしているのか、手にとるようにわかる。だからこそ見られたくない。

気づかれませんようにと願ったが、恭史郎は鋭かった。

「秋月さん、もしかして和菓子は苦手？」

「い……いえそんな」

「気を遣わなくてもいいよ。若い層は和菓子よりも、洋菓子のほうが好きな子が増えてるからなぁ。若者の和菓子離れなんて言葉も出てきたし」

　さびしさを含んだ声が聞こえてきた瞬間、都はがばっと顔を上げた。

「あの、わたし、和菓子は大好きです！　父が和菓子職人で、お店もやっているので！」

「え、そうなの？」

「はい。山梨県にある小さなお店ですけど」

「山梨！　いいね。久しぶりにワインを飲みに行きたいなあ」

　嘘《うそ》ではない。父は和菓子職人だし、山梨で店を営んでいるのも事実だ。

　しかし、「和菓子は大好きです」というのは正しくない。本当は「大好きでした」と言うべきだった。好きなのは過去のことで、いまは違うのだから――

　けれどもそんな失礼なこと、恭史郎の前で言えるはずがない。

　考えなしに口走ってしまったことを後悔したが、いまさら遅い。それに否定したら、恭史郎の心証も悪くなる。定期契約への道も閉ざされてしまうかも……。

（どうしよう……）

　下唇を噛《か》んだとき、恭史郎が続けた。

「『ことりや』の菓子工房は、この家の離れにあってね」

　父や実家の話が広がらなかったことに、都はひそかに安堵《あんど》する。

「うちの和菓子は、一成くんがひとりでつくっているんだよ」

「えっ！　羽鳥さまが？」

都は思わず声をあげた。おどろいたせいか、顔のこわばりが解ける。

「まだ若いけど腕はたしかだし、デザインセンスもいい。実は一成くんの実家も、秋月さんと同じく和菓子屋でね。一成くんは高校を出てすぐ、職人であるお父さんに弟子入りしたんだ。そこで十年近く修業してたよ」

「そうだったんですか……」

華道家ではなかったが、和に関する職業という予想は当たっていた。

一成の年齢は、おそらく三十歳くらい。高卒で弟子入りしたのなら、修業を終えたのは二、三年ほど前だろう。恭史郎と知り合った時期は不明だが、彼の口ぶりからして、意外とつき合いは長いのではないかと思った。

「俺の仕事は、一成くんがつくった和菓子を販売すること。ほかにも事務とか営業なんかも担当してるよ。ちょっと前までは離れのほうで甘味処《どころ》もやってたんだけど、責任者の人が辞めてからは休業中。俺と一成くんだけじゃ、そこまで手が回らなくてね」

「もしかして、花桃の木の近くに置いてあるベンチは」

「ああ、あれは甘味処で使ってたんだ。いまでは猫専用になってるけど」

都の脳裏に、無防備に寝転んでいた三毛猫の姿がよぎった。

四季折々に表情を変える、美しい庭の景色を、いつでも特等席で楽しむことができるとは。なんて贅沢な猫たちなのか。

「うちの若旦那は、職人としての腕はいいのに、壊滅的に愛想がなくてね」

恭史郎が困ったように肩をすくめる。

「秋月さんと話したときも、ぜんぜん笑わなかっただろう」

「そうですねー……。あっ！　いえその」

つられてうなずきかけた都は、あたふたしながらフォローを入れる。

「でもその、ええと……。こちらの質問には、きちんと答えてくださいましたよ。それにお花！　お花のことも詳しく教えていただきました」

「はは。気を遣ってくれてありがとう」

恭史郎が口角を上げて微笑んだ。できあがった料理の皿を、お盆の上にのせていく。

「一成くんは不愛想なだけで、人嫌いってわけじゃないからな。けど、客商売には明らかに向いていないし、営業もできない。逆に俺は、接客や経営は得意でも、和菓子はつくれないからね。お互いに適材適所というわけだ」

「なるほど……。あ、お食事はわたしが運びますので」

「料理はできないけど、配膳《はいぜん》なら手伝える。安心してまかせてくれ」

自信満々に言った恭史郎が、「それに」と笑う。

「ふたりで手分けをしたほうが、準備もすぐに終わるだろう？　実はさっきから、はやくアジフライが食べたくてうずうずしているんだよ。この香りは魅力的すぎる」

おどけるような言い方に、都の口元にも笑みが浮かんだ。

「それでは、お願いしてもいいですか？　わたしはご飯とお味噌汁をよそいます」

「了解。ああそうだ。悪いんだけど、それが終わったら一成くんを呼んできてもらえるかな？　俺は先に食事をさせてもらうから」

都は「承知しました」とうなずいた。


食卓の準備ができると、都は玄関から庭に出た。

（えーと、離れは裏庭のほうだったよね）

四月はじめの現在、羽鳥家の広大な庭には、多種多様の花が咲き乱れていた。

シンボルツリーの花桃を筆頭に、みごとな染井吉野や雪柳《ゆきやなぎ》、地面を彩る可憐な菫《すみれ》や、一成から教えてもらったレンギョウなどなど。

明るい庭を抜けて裏に回ると、こちらにはほとんど花が咲いていない。

華やかさはないものの、裏庭はしっとりと落ちついた雰囲気だ。

（あそこにあるのは紫陽花《あじさい》かな？　そういえば、鎌倉は紫陽花が有名だっけ）

開花はまだ先だが、梅雨《つゆ》の時季になれば、この庭を美しく飾るのだろう。

そんな裏庭の一角に、目的の離れが建っていた。

独立した平屋の建物は、都が思っていたよりも大きかった。趣のある数寄屋風のたたずまいで、母屋《おもや》ほど古くはなさそうに見える。あそこが一成の仕事場なら、和菓子をつくるために必要な厨房《ちゆうぼう》設備がととのっているはずだ。

建物に近づこうとしたとき、玄関の引き戸が開いた。

足を止めた都は、その場で様子をうかがう。

「すっかり長居しちゃったわねえ」

中から出てきたのは、六十代くらいの上品そうな女性だった。服装にも品があり、四角い風呂敷包みを手にしている。

「長話してごめんなさいね。お茶菓子までごちそうになっちゃって」

「いえ、ご試食ありがとうございます」

女性のあとから、紺《こん》色の着物をまとった一成があらわれる。

（さっきと着物の色が違う……。仕事着なのかな？）

たすきがけにした袖《そで》に、長めの前かけ。頭には可愛い小鳥模様のバンダナを巻いているが、あれはおそらく恭史郎が買ってきた品だろう。前髪を上げて額を出すと、髪を下ろしているときより表情が引きしまり、凛々《りり》しく見える。

「若旦那さんがつくるお菓子、茶道教室のみなさんにも好評なのよ」

「光栄です」

「試食の桜餅《さくらもち》も絶品だったわぁ。あんこの甘さが絶妙で、生地《きじ》に移った桜の葉っぱの香りもすばらしくてね。あれはいつまで注文できるの？」

「四月末までは承りますよ」

「あ、五月は端午《たんご》の節句があるわね。孫へのお土産《みやげ》に、柏餅《かしわもち》もいただこうかしら」

「今年の柏餅は、ヨモギを練りこんだ生地でつくる予定です。こしあんと味噌あんの二種類をご用意しますので、どうぞご賞味ください」

笑顔で話す女性に対して、一成の表情はあいかわらず動かない。

慣れているのか、女性はまったく気にしていないようだ。わざわざここまで足を運ぶくらいだし、店主の愛想など関係なしに、「ことりや」を贔屓《ひいき》にしているのだろう。

「それじゃ、またね。恭史郎さんにもよろしく」

「お気をつけて」

一成に見送られ、女性は裏庭の隅《すみ》に停めてある車のほうへ向かう。表の門から車は入れないため、こちらに駐車しているらしい。

発進した車が道路に出ていくと、都は一成に声をかけた。

「お疲れさまです。いまのは『ことりや』のお客さまですか？」

「なぜその名を」

「各務さまから名刺をいただいたので」

「ああ……。恭史郎さん、帰ってきたのか」

ひとりごとのようにつぶやいた一成が、頭に巻いていたバンダナをはずした。軽く頭をふってから、少しクセがついた前髪を手櫛《てぐし》でととのえる。

「それはそうと、なにか用事でも？」

「用事といいますか、昼食の支度ができたことをお知らせに」

「もうそんな時間ですか？　気づかなかったな……」

一成が目を見開いた。時間を忘れてしまうほど、仕事に集中していたのだろう。

「各務さまはもう召し上がってますよ。羽鳥さまも、あたたかいうちにどうぞ」

「わかりました。すぐに行くので、先に戻っていてください」

一成はそう言ってから、引き戸を開けて離れの中に入っていった。

都が母屋に戻ると、恭史郎が座布団の上に正座をして、幸せそうな顔でご飯を食べていた。目が合ったと思ったら、上機嫌で声をかけてくる。

「ああ、秋月さん！　このアジフライは最高だね。店で食べるものより好みだよ」

「気に入っていただけて嬉しいです」

惜しみない賞賛に、思わず表情がゆるむ。

「タルタルソースともよく合ってる。これも手づくり？」

「はい。みじん切りにした大葉と味噌を加えて、和風に仕上げました」

畳《たたみ》に膝《ひざ》をついた都は、タルタルソースが入った容器に視線を向けた。

「わさびを入れて辛口にしても、味わい深くなるんですよ。でも、羽鳥さまの好みではないようですね。なので今回は、大葉でさわやかさを溶けこませ、隠し味の味噌でコクを出しました。大将からの直伝《じきでん》です」

「大将？」

「わたし、学生時代に小料理屋でバイトをしてまして。そこの大将です」

「へえ。じゃあ、和食はお手のものってわけか。定期契約してきみを指名すれば、今後もうちに食事をつくりに来てくれるのかな？」

「もちろんです。リクエストにもお応《こた》えしますよ」

「いいね。考えておこう」

（やった！）

都は心の中でガッツポーズを決めた。入社一年の自分に回ってくる仕事は、いつもだれかの代理かヘルプばかり。もちろんそんな存在も必要だろうが、ここで定期契約をとることができれば、社長も夏のボーナスをはずんでくれるに違いない。

（いよいよあのホーロー鍋が現実のものに……！）

「秋月さん、おかわりもらえる？」

「はい！」

ご飯茶碗《ぢゃわん》を受けとったとき、一成が部屋に入ってきた。昼食が並ぶ座卓を挟んだ、恭史郎の向かいに腰を下ろす。ぴんと背筋を伸ばした、きれいな正座だ。

「一成くん、引き渡しは終わった？」

「ええ。午後にもう一件、来客の予定がありますが」

「俳句同好会の会長さんだろ？　明日は源氏山《げんじやま》公園に花見に行くんだったか。俺もたまの休みくらいは、のんびり桜を愛《め》でたいよ」

「桜なら庭にあるでしょう。好きなだけ愛でてください」

「わかってないなぁ、一成くん」

冷ややかに返されても、恭史郎はどこ吹く風だ。

「庭の桜じゃ見慣れすぎて、特別感が出ないだろう？　それに、宴会は人が集まるにぎやかな場所でやったほうが盛り上がる。想像してごらん。満開の桜の下で、みごとな花を肴《さかな》に思うぞんぶん酒が飲める楽しさを！」

「要するに、桜にかこつけて酒が飲みたいだけでしょう」

「桜だけじゃない。中秋の名月や、冬の雪景色なんかも最高だ。ほら、そういう自然の美しさを詠《よ》んだ、有名な和歌があっただろう」

「春は花　夏ほととぎす　秋は月　冬雪さえて　すずしかりけり」

「そうそう。それ」

「道元禅師《どうげんぜんじ》の歌ですね。あれは禅の心を説く歌でもありますが」

話を切り上げた一成が、箸をとった。黙々と食事をはじめる。

恭史郎は気に入ってくれたけれど、一成はどうだろう？　さりげなく注目したが、やはりなにを考えているのか、さっぱりわからない。箸の進みは止まっていないし、口に合わないということはなさそうだ。

「ああそうだ。さっき、秋月さんから聞いたんだけど」

千切りキャベツにタルタルソースをかけながら、恭史郎がふたたび口を開いた。

「指名で定期契約をすれば、これからも来てもらえるってさ」

「そうですか」

「俺は契約してもいいかなって思ってるんだよな。アジフライは俺好みの味だし、ほかの料理もおいしいし。外食や弁当も悪くないけど、ちょっと飽きてきたからなあ。たまには昔みたいに、この家でだれかの手料理を食べたくもなる」

「はあ」

「今回は俺の好物だったけど、契約したら一成くんも、好きなものをつくってもらうといい。目玉焼きがのったハンバーグと、薄焼き卵のオムライス」

（ハンバーグとオムライス……）

意外すぎる好物に、都は目を丸くした。

見た目の印象からして、渋めの和食を好みそうなイメージだったが、予想に反して洋風だ。都の視線を受けて、一成が照れくさそうに目を伏せる。

「その……。いわゆる大人向けの味というのが、あまり得意ではなくて」

「そういう方もいますよね。洋食もいろいろつくれますから、大丈夫ですよ」

にこりと笑うと、一成もかすかに口角を上げた。わかりにくいが、嬉しそうだ。

彼は感情に乏しいのではなく、自分の気持ちを表に出すのが苦手なだけなのだろう。恭史郎は、一成のそんな気質をよく理解しているようだ。

「聞いたか？　秋月さんを指名すれば、これからも美味《うま》い料理が食べられるぞ」

「……次はオムライスがいいです」

「よし、決まりだな」

うなずいた恭史郎が、都に視線を戻した。

「というわけで、秋月さん。あとで事務所のほうに、契約について問い合わせてみるよ」

「ありがとうございます！」

都はぱっと表情を輝かせた。

自分の料理を褒めてもらえた上に、あらたな顧客も獲得した。そしてなにより、一成と恭史郎に満足のいく食事を提供することができたのだ。彼らによろこんでもらえたことが嬉しくて、心地のよい達成感が湧き上がってくる。

「ごちそうさまでした。おいしかったです」

「おかわりまでしたのは久々だなぁ」

一成と恭史郎は、食後に空《から》の食器を台所まで持ってきてくれた。

ご飯粒ひとつ残さず平らげられた茶碗を洗いながら、都は口元をほころばせる。

（はじめは休日がつぶれたー、なんて思ったけど。受けてよかった）

洗い終えた茶碗を水切りカゴに入れたとき、恭史郎に声をかけられた。

「秋月さん。上がりの時間まで、まだ少しあるだろう。洗い物が終わったら、さっきの居間に来てくれる？」

「わかりました」

布巾で水気を拭きとった食器を棚に戻し、都はエプロンをはずした。

今日は佐伯の代理として、午後からも一件、二時間コースの仕事が入っている。そちらは何度か訪問したことのある家だし、依頼人とも顔見知りだ。羽鳥家は初仕事なので緊張したが、大きな問題もなく遂行《すいこう》できてほっとする。

「お待たせしました。後片づけも終了です」

「お疲れ様。一成くんがお茶を淹《い》れるから、少し休憩するといい」

都が座布団の上で正座をすると、一成が和室をあとにした。

向かいに座った恭史郎が、笑顔で話しかけてくる。

「この家の台所、古いだろう。使いにくくなかった？」

「いえいえ。むしろ使いやすかったです。それになんだか、祖父母の家を思い出すような感じもあって」

「ああ。ここ、昔は一成くんのお祖母《ばあ》さんが住んでたからね」

「お祖母さまですか」

なるほど。どうりでなつかしい感じがしたわけだ。

恭史郎が昔を思い出すように、目を細める。

「もう亡くなったけど、料理が好きな人だったな」

「各務さまは、その方をご存じなんですか？」

「面識はあったよ。俺は瑠花《るか》ちゃん……一成くんのお姉さんと幼なじみでね」

(羽鳥さん、お姉さんがいるんだ)

「羽鳥家はうちの遠縁で、俺も子どものころは何度か、この家に遊びに来たことがあったんだ。だから三年前、一成くんがこの家に移り住んだとき、俺も同居させてもらうことにしたんだよ。格安の家賃で住めるように、一成くんを言いくるめてね」

恭史郎がにやりと笑って言ったとき、一成が戻ってきた。

「お茶が入りましたよ。どうぞ」

都の前に置かれたのは、漆《うるし》塗りの茶托《ちゃたく》と湯呑《ゆの》み。口の広い湯呑みの中には緑茶がそそがれていて、白い湯気が立ちのぼっている。そして次に出されたのは……。

「……！」

「今日は少し多めにつくったので、よろしければ」

茶托と似たような漆塗りの銘々皿《めいめいざら》には、桜餅がひとつのっていた。

そうだ。お茶が出るなら、だいたいお菓子も一緒に出される。

そして一成の職業を考えれば、それは和菓子に決まっているではないか。もっとはやく気づいていれば、うまく断ることもできたのに。

しかもよりによって、もっとも苦手な桜餅だなんて――

認識したとたん、脳裏によぎる過去の光景。思わず眉間《みけん》にしわが寄る。

（しまった。いまの表情、見られたかも……）

我に返った都は、あわてて目線を下に落とした。

上品かつわかりやすく、桜咲く春を表現した甘味の芸術。見た目や材料の違いから、大きく二種類に分かれていることは、知っている人も多いだろう。

関西風の桜餅には、もち米が原料の道明寺粉《どうみようじこ》が使われているが、一成がつくったのはそちらではない。薄い小麦粉の生地であんこを巻いた、関東風の長命寺《ちようめいじ》だ。桜の花びらのような優しい色合いの生地が、塩漬けの桜葉《さくらば》でくるまれている。

「いちおう黒文字《くろもじ》も用意しましたが、食べにくければ手づかみでも」

（黒文字？　ああ、この太い楊枝《ようじ》のことか……）

都は膝の上に置いた両手を、ぎゅっと握りしめた。

和菓子に対してよい感情を抱《いだ》けないのは、過去の苦い思い出のせいだ。食物アレルギーは特にないので、食べようと思えば食べられる。好んで買うことはないけれど、お土産等でだれかにもらったときなどは、ありがたく口にしていた。

でも、桜餅だけは別だ。これだけは長年、意図的に避けている。

しかしこの状況で、一成の厚意を無下にするのは……。

心を決めた都は、ゆっくりと顔を上げた。平静を装いながら微笑む。

「お気遣いありがとうございます。いただきますね」

そう言って、黒文字に手を伸ばそうとしたときだった。

ふいに動いた一成が、銘々皿を都の前から、自分のほうへと引き寄せる。

「え……？」

「すみません。あなたの好みも訊《き》かずに、勝手なことをしてしまいました。和菓子が嫌いな人もいることを、すっかり失念していて」

「あ……。いえその、嫌いだなんて、そんなこと……」

「無理はしないでください。それに」

言葉を切った一成が、少しの間を置き、はっきりと言った。

「本当は嫌いなのに、我慢しながら和菓子を食べる姿なんて、僕は見たくありません」

それ以上の言葉をつむぐことができずに、都は気まずい思いでうなだれた。

桜餅を見て表情を引きつらせれば、気づかれるのはあたりまえだ。その時点で素直に打ち明けていればよかったのに、無理をして余計にこじらせてしまった。

自分は一成が心をこめてつくりあげた和菓子を、雑に消化しようとしたのだ。

見た目や香りを楽しむことも、じっくり味わうこともせず……。無心で咀嚼《そしゃく》し、飲みこむだけ。職人として、そんな姿など見たくないと思うのは、当然ではないか。

「申しわけありません……。せっかく用意してくださったのに」

「いえ、秋月さんがあやまる必要はないんです。確認を怠《おこた》ったこちらのミスなので」

一成の声音《こわね》には抑揚《よくよう》がなく、その真意を読みとることはできない。

それでも――

「ですから、気にしないでください」

手つかずの桜餅を見つめる一成の目は、どこかせつなく、悲しげに見えた。


都がアパートに戻ったとき、時刻は二十一時を過ぎていた。

「ただいまー……」

力のない声が、夜の闇《やみ》に溶けていく。

玄関の電気をつけた都は、靴《くつ》を脱いで家に上がった。本当は夕方には帰れるはずだったのに、急遽《きゅうきょ》ヘルプの仕事が入ってしまったのだ。社長に両手を合わせて「お願い！」と頼まれたら、断るわけにはいかない。

非正規のスタッフばかりの社内で、都は数少ない正規の社員だ。

相応のお給料をもらっているのだから、しっかり会社に貢献しなければ。

ダイニングキッチンに足を踏み入れたとたん、都はがっくりと肩を落とした。

「ああー……。そうだった」

急に出勤することになったため、室内はバタバタと飛び出していった状態のまま、時が止まっていた。シンクには洗い物がたまっているし、掃除も洗濯もしていない。とはいえこれから家事をする気力もなかった。

ダイニングを通り抜け寝室に入ると、ベッドの誘惑が都を襲う。

いますぐあの上に倒れこみたかったが、なけなしの理性に引き止められる。

（だめだめ汚い。まずはお風呂……いやせめてシャワーを……）

都はタオルと着替えを手に、よろよろとバスルームに向かった。

湯船につかると眠ってしまいそうだったので、シャワーを浴びることにする。熱めのお湯で全身を洗うと、ようやくさっぱりした。Tシャツとジャージのズボンに着替え、眼鏡をかけた都は、タオルで髪を拭きながらダイニングに戻った。

（洗濯と洗い物は、明日にしよう）

一日二日ためたところで、死ぬわけでもなし。

開き直った都は、冷蔵庫のドアを開けた。常備菜で残っているのは、野菜の煮物やマリネなど。いまはもっとガツンとしたものが食べたい気分だ。

（ふっふっふ。今夜は揚げ物祭りだ）

ダイニングテーブルの上には、家の近くのコンビニで買った牛肉コロッケと、二種類のからあげが置いてある。人目をはばかることなく、好きなときに好きなものを食べることができるのは、ひとり暮らしの醍醐《だいご》味だ。

にんまり笑った都は、冷蔵庫の中から発泡酒の缶をとり出した。

キンキンに冷えた発泡酒（ビールは高い）と、味の濃いジャンクな揚げ物。これ以上の組み合わせがあるだろうか？　都は椅子に腰かけ、うきうきしながら缶のプルタブを開けた。シャワーで火照《ほて》った体を冷やすように、中身を喉《のど》へと流しこむ。

「くぅ――」

やっぱり入浴後のビール（と思いたい）は、いつ飲んでも最高だ。

しかし、いい気分になったのは束の間だった。満足のため息は、すぐに重たいものへと変わってしまう。缶を片手にからあげも頬張ったが、昼間の出来事が頭をよぎり、ふたたびため息が漏れてしまった。

（羽鳥さんは、気にするなって言ってくれたけど……）

缶を置いた都は、ぼんやりと天井をあおいだ。

丹精こめてつくったものを拒絶されたら、だれだって嫌な気分になる。和菓子ではないけれど、自分もお客に料理をつくる仕事をしているのに……。

傷ついたような一成の顔を思い出し、胸の奥がずきりと痛む。

「定期契約の話は、白紙になるかもなぁ……」

恭史郎は都の料理を気に入ってくれたが、彼好みの食事をつくれる人は、探せばほかにもいるだろう。家事代行サービスの会社もまた然《しか》り。高いお金を出して雇うなら、和菓子を好きだと思える人を選んだほうが、一成も気持ちよく仕事ができる。彼を不快にしてしまった自分を雇う必要は、どこにもないのだ。

（でも……。このまま縁が切れるのは、後味が悪すぎる）

あれこれ考えていたとき、スマホにアプリのメッセージが届いた。

送り主は東京に住んでいる母で、いまから電話をしてもいいかと訊かれる。こちらから電話をかけると、すぐにつながった。

『こんな時間にごめんねー。いま話しても平気？』

「うん。どうかした？」

『今日が引っ越しの日だって、前に教えたでしょ。無事に終わったから』

「あー……。そういえばそんなこと言ってたね。片づけとか大変じゃない？」

『そこは追い追いね。とりあえず、生活ができる程度にはしておいたわ』

「新しいマンションって、病院の近く？」

『そうよ。歩いて十分くらい。やっぱり職場に近いほうが便利だし』

看護師の資格を持つ母は、都内の総合病院で働いている。父と結婚したとき、一度は退職したのだが、離婚を機に復職したのだ。シングルで娘を育て上げ、その後は十も年下の男性と再婚を果たした。わが母ながらパワフルな人だ。

『近いうちに遊びに来なさいよ。それまでには片づけとくから』

「最近は仕事が忙しくて。ヒマになったら行くよ」

『そんなこと言って、また年末になっちゃうんじゃないの？　仕事があるに越したことはないけど、無理のしすぎは禁物よ』

「その言葉、そっくりそのままお母さんに返しまーす」

都が言うと、母は『私は大丈夫よ』と明るく笑った。

『師長になってから、夜勤はほぼなくなったの。それだけでもだいぶ楽よ』

「へえ。よかったね」

『睡眠はバッチリとれてるし、最近はジムに通って体力づくりもしてるのよ。それになにより、ヒデさんがいつも、栄養たっぷりのおいしいご飯をつくってくれるし！』

「彼氏もいない娘に、堂々と惚気《のろけ》ですかー」

『都ならその気になれば、彼氏なんていくらでもつくれるでしょ』

「いやいや、そんなことないって」

『まあとにかく、ヒマができたら連絡して。ヒデさんも、都が遊びに来てくれるなら、ごちそうをつくるってはりきってるわよ。料理のコツとかも訊きたいなーって』

それからしばらく他愛のない話をして、都は母との通話を終えた。

「ヒデさんかー……」

コロッケに中濃ソースをかけながら、ぼそりとつぶやく。

「わたしとしては、年に一回会うくらいがちょうどいいんだけどな」

母が選んだ再婚相手は、都が知る限り、とてもおだやかで誠実な人だ。

彼は家事が得意で、料理もうまい。都に対しても優しく接してくれるし、成人後の再婚だったため、特に反対することもなく祝福した。あれから五年がたった現在も、母は変わらず幸せそうなので、仲よくやっているのだろう。

しかし都にしてみれば、彼はあくまで「母の再婚相手」だ。

父親では決してない。他人である以上、会うときは気を遣うし、彼が母と暮らしているマンションも実家だとは思えない。とはいえ彼のことが嫌いなわけでもないので、つかず離れず、適度な距離感を保っている。

昔からしっかりしている母は、少々気が強いところが玉に瑕《きず》だ。

そんな母には別れた父より、再婚相手の彼のように、温厚でふんわりした雰囲気の男性のほうが合っているのかもしれない。

（お父さんは頑固で気も短いから、ケンカばっかりしてたし……）

嫌な記憶がよみがえり、都は思わず眉をひそめた。

いまの自分はきっと、羽鳥家で桜餅を出されたときと同じ顔をしているはずだ。

都にとっての和菓子は、不仲だった両親につながるもの。大好きだった甘い桜餅は、家庭の崩壊をきっかけに、苦いものへと変わってしまった。それでも心の底では、昔のように笑顔で味わいたいとも思っているのも事実で……。

そんな気持ちを伝えたら、一成はどう思うだろう？

大きな息をついた都は、残っていた発泡酒を一気に飲み干した。


都が羽鳥家で仕事をしてから、二週間が過ぎた。

予想はしていたけれど、恭史郎からも一成からも、定期契約の問い合わせは入っていない。社長は「また次の機会にがんばればいいわよ」と言ってくれたが、心を覆うもやもやとした気持ちが晴れることはなかった。

（あらためてあやまりたいけど、あの家にもう一度行く勇気が出ない……）

もう会いたくないと思われているのなら、再度の訪問など迷惑でしかないだろう。

お試しでサービスを体験したからといって、必ずしも定期契約を結ぶことになるとは限らない。依頼人の期待に添えなかったり、条件が合わなかったりしたら、そこで終了となる。しかし今回は、好感触だっただけにショックが大きい。

だが、いつまでも引きずっているわけにもいかない。気持ちを切り替えて、いまは自分のやるべきことに集中しなければ。

（いまやるべきなのは……この絹さやの筋をとること！）

仕事先のひとつである家の台所で、都が夕食の下ごしらえをしているときだった。

出入り口の暖簾がめくられ、割烹《かっぽう》着《ぎ》姿の女性が入ってくる。

「ミャーコちゃん。お客様がいらしたから、お茶を淹れてくれる?」

「わかりました」

彼女の名前は鈴木琴子。鎌倉山の屋敷で働く、住みこみの家政婦だ。この道三十年の大ベテランで、花園社長の友人でもある。

高齢の琴子をサポートするため、都は社長を通じてこの屋敷に派遣された。

主な仕事は、ちょっとした買い物や料理の下ごしらえ、台所の掃除や調理器具の手入れなども含めた、キッチン関係の雑用だ。ここに通いはじめてから二か月になるのだが、さまざまな経験を積んだ琴子から学ぶことは多く、よい勉強になっている。

急須《きゅうす》や茶筒を用意していると、琴子が戸棚を開けた。

「今日はお客様が多くてね。いまは後援会の方々がいらしていて」

ここは政治家一族の屋敷なので、今日に限らず来客は多い。たずねてきた人を客間に通し、お茶やお菓子でもてなすのは家政婦の仕事だ。琴子のほかにも通いの家政婦がいるのだが、いまは別の仕事をしているのだろう。

「お茶菓子、多めに頼んでおいて正解だったわ」

琴子が戸棚からとり出したのは、小鳥の模様が描かれた、平べったい化粧箱。

作業台の上に置いてフタを開けると、中に入っていたのは――

「桜餅……」

ドキリと鼓動がはね上がる。

箱の中に並んでいたのは、以前に羽鳥家で目にした、関東風の桜餅だった。

見たところ二十個入りのようだが、すでに半分ほどがなくなっている。琴子は箱からとり出した桜餅を、美麗な蒔絵《まきえ》がついた銘々皿の上にのせていった。

（この桜餅、もしかして『ことりや』の……？）

「ミャーコちゃん、お茶を。四人ぶんね」

「あ、すみません！」

我に返った都は、琴子から教わった手順通りに緑茶を淹れた。

お茶と和菓子の用意ができると、琴子は取っ手がついたお盆にそれらをのせ、台所をあとにした。都はまだ来客の対応をしたことがないのだが、いずれはまかせたいと言われている。そのときのためにも、琴子の仕事ぶりを見て学んでいこう。

彼女が戻ってくると、都は「琴さん」と声をかけた。

「さっきのお茶菓子って、『ことりや』のものじゃないですか？」

「そうよ。月に何度か注文して、恭史郎さんに届けてもらっているの」

どうやら恭史郎は、注文品の配達も請け負っているらしい。実店舗がなくても経営が成り立つのは、この家のように羽振りがよく、定期的に注文してくれるお客を数多くかかえているからなのだろう。

「あそこの若旦那さん、東京にある老舗《しにせ》の和菓子屋の次男でね。お店は何年か前にお兄さんが継いだから、弟の若旦那さんは独立して、自分の工房をつくったんですって」

「暖簾分けみたいなものでしょうか」

「どうなのかしら。屋号は違うし、いまでは関わり合いもないって聞いたけど……」

そのあたりは詳しくないのか、琴子は小首をかしげて言う。

「ここの大旦那様と大奥様は、もともと東京のお店を贔屓にされていたのよ。だけど最近は、『ことりや』のほうがお気に入りみたいね」

「うちの会社を各務さんに紹介したのは、琴さんですよね」

「ええそうよ。このまえ、恭史郎さんとちょっと立ち話をしてね。手づくりの家庭料理を家で食べたいって言うから、家事代行サービスをすすめてみたのよ。ミャーコちゃんのところなら、社長さんに話を通せるし、仕事の質も高いわよって」

琴子は使ったお盆や急須を片づけながら、話を続ける。

「恭史郎さん、ミャーコちゃんのところにお願いしたのね。嬉しいわ」

「え、ええまあ……。お試しプランの依頼が来たので、わたしが担当しました」

「あらそうなの！　定期契約の申しこみは？」

「いえ、それはまだ……」

曖昧《あいまい》な表情を浮かべると、琴子は「大丈夫よ」と微笑んだ。

「あなたはしっかりしているし、よく気がつく子ですもの。それに料理の腕もいいんだから、断られる理由がないわ。連絡がないのは、いろいろと忙しいからでしょう。落ちついたところに申しこみが来ると思うわよ」

琴子のあたたかい言葉は嬉しかったけれど、いまはその優しさがつらい。

彼女は友人の会社を信頼して、恭史郎に話を持ちかけてくれたのに。このままフェードアウトしてしまったら、琴子にも社長にも申しわけない。

それに……。

「さてと。じゃ、夕食の支度の続きをしましょうか」

「はい」

ふたたび絹さやの筋とりをしていると、羽鳥家で仕事をした日の記憶がよみがえる。

昔ながらの台所に、大事に使われていた調理器具。一成の祖母は何年も前に亡くなっているのに、あそこには彼女の気配が色濃く残っていた。料理が好きだったというし、生きていたころは毎日、あの台所に立っていたのだろう。

そんな彼女の思いに満たされた台所は、これまで仕事をしたどの家よりも料理がしやすく、居心地がよかった。自分の城であるアパートのキッチンと同じくらい、ほっとする場所だと感じたのだ。そのような気持ちになったのは、はじめてだった。

できることならもう一度、あの台所で料理がしたい。

そして一成がつくる和菓子を、おいしく味わってみたい。

――ああ、そうか。それが自分の本心であり、願いでもあるのだ。

気づいたのなら、やることはひとつ。都は心を決めて顔を上げた。

数日後――

「来てしまった……」

都は緊張で声をふるわせながら、ぽつりと言った。

目の前には、重厚な雰囲気を醸《かも》し出している数寄屋門。木戸門が半分開いているのも、あのときと同じだ。

迷惑だろうとわかっていても、あらためて、一成にあやまりたい。

それでどうにもならなかったら、潔《いさぎよ》くあきらめよう。

もちろん、アポイントもとらずに押しかけるような真似はしていない。花園社長を通して恭史郎に連絡し、訪問の許可は得ている。そして公休日の今日、都はふたたび北鎌倉の地に降り立った。

約束はしているのだから、中に入ってインターホンを押そう。

そう思うのに、なかなか足が進まない。この期《ご》に及んで怖気《おじけ》づくなんて。

門の前をうろうろしていたとき、ふいに猫の鳴き声が聞こえてきた。はっとして門のほうに目を向けると、二匹の三毛猫が視界に飛びこんでくる。

赤い首輪に、青い首輪。体格は違うが、目の色はどちらも薄いグリーンで、体の模様も尻尾の形もよく似ていた。おそらくきょうだいだと思われる二匹は、ともに前脚《あし》をそろえて座り、つぶらな瞳で都をじっと見つめている。

「えっと……。桃と源、だったかな?」

「ニャー」

「赤いほうが桃で、青いほうが源?」

都の問いに答えるように、赤い首輪の猫が鳴いた。賢そうなこちらが桃だ。

一方の源は、桃が返事をしたからいいだろうとばかりに、大きなあくびをした。

このままえはベンチの上で、お腹を丸出しにして寝転んでいたし、マイペースな性格らしい。模様は双子のようにそっくりでも、気質は違うようだ。

門番のごとく座っていた猫たちが、ゆっくりと立ち上がる。誘いかけるような、不思議なまなざしに惹《ひ》きつけられて、都は二匹のあとを追った。門をくぐり、ふたたび羽鳥家の庭に足を踏み入れる。

（あいかわらずきれいなお庭……）

甘い花の香りを含んだ風が、都の前髪をふわりと揺らした。

春の庭に君臨していた花桃は、すでに散りかけている。いま咲いているのは、これまたみごとな花海棠《はなかいどう》だ。淡いピンク色の花々が、庭を優しく彩っていた。

四月も後半になり、景色は次の季節に移り変わろうとしている。

夏、秋、そして冬――。世間の喧騒から隔絶された、夢のようなこの桃源郷は、これからどのような景色を見せてくれるのだろうか。

「秋月さん、いらっしゃい。よく来てくれたね」

赤い毛氈《もうせん》が敷かれたベンチには、笑顔の恭史郎が腰かけていた。今日もスーツに身を包み、長い足を組んだ姿が様になっている。

「こんにちは。お忙しいところすみません」

「いやいや。俺もきみと話がしたかったから、ちょうどよかった」

ベンチから腰を上げた恭史郎が、こちらに近づいてくる。

「定期契約の件、なんの連絡もしなくて悪かったね。しばらく保留にするつもりだったんだけど、社長さんに伝え忘れたみたいで……。うっかりしてたよ」

そういうことなら、まだ望みはあるかもしれない。

明るくなった都の表情を見て、恭史郎が言いにくそうに続けた。

「俺はすぐにでも契約したかったんだけど、一成くんがね」

言葉を濁す様子から、その意味を察する。やはり一成が嫌がったのか……。

「まあとにかく、一成くんと話したいんだろう？　俺が取り次ぐから、ついておいで」

「お願いします」

「いまは工房のほうにいるけど、この時間は休憩してるはずだから」

恭史郎のあとについて歩いていると、裏庭の菓子工房が見えてきた。

遠目からはわからなかったが、格子《こうし》の引き戸の横には、大きめの表札とインターホンがとりつけられていた。木製の表札に記されているのは、苗字ではなく屋号。小鳥の飾りもついており、見ているだけで心がなごむ。

「この表札……看板？　可愛いですね」

「特注でつくってもらったものなんだ。お客さんたちにも好評なんだよ」

「注文があったお菓子は、こちらで引き渡しをしてるんですか？」

「そうだよ。俺が届けに行くこともあるし、配送業者に頼む場合もある。受けとりの方法は、お客さんによって違うね」

恭史郎がインターホンを鳴らして、来客があることを告げる。

ややあって引き戸が開き、一成が姿を見せた。休憩中のためか、前かけやバンダナはつけていない。着物より作務衣《さむえ》のほうが動きやすいのではと思うのだが、彼なりのこだわりがあるのだろうか。

「お客さんはどちらに――」

一成の視線が、恭史郎のうしろに立つ都をとらえた。目が合った瞬間、おどろいたように息を飲む。どうやら彼は、都の来訪を知らなかったようだ。恭史郎は平然としているから、わざと伝えなかったのかもしれない。

「はは、久しぶりに見たな。そのびっくり顔」

「恭史郎さん……。人が悪いです」

「悪い男も魅力的だろ？」

「褒めてません」

ぴしゃりと返されても、恭史郎は動じない。むしろ楽しんでいるようだ。

「それはともかく、秋月さんは一成くんと話をするために、わざわざここまで来てくれたんだ。お客は丁重にもてなすべし。ということで、俺は配達に行ってくるから、あとはふたりでじっくり話すといい」

恭史郎の姿が見えなくなると、沈黙がその場を支配した。

（ど、どうしよう。この状況って羽鳥さんにしてみれば、いきなり押しかけてこられたのと同じじゃない？）

重苦しい空気に耐えかねて、都は「あの！」と声をあげた。

「急に来てしまってすみません。ご迷惑でしたらこのまま帰りますので……」

「いえ、大丈夫です。どうぞお上がりください」

そう言って、一成が玄関の中に入っていく。

少しためらってから、都は彼のあとに続いた。通されたのは、座卓と座布団が置かれた和室。一方は縁側に面しており、もう一方は襖《ふすま》で仕切られているので、奥にも部屋があるようだ。甘味処もやっていたそうだが、この部屋を使っていたのかもしれない。

「そちらに座ってお待ちください。お茶を淹れてきます」

座布団の上に正座した都は、遠慮がちに室内を見回した。

飴色の柱に、やや色あせた畳。床の間には掛け軸と活け花が飾られていて、見る者の目を楽しませてくれる。縁側と部屋を仕切っているのは、下半分にガラスがはめこまれた雪見障子《しょうじ》。そこから裏庭をながめていると、少しずつ心が落ちついてきた。

緊張がほぐれ、ほっとひと息ついたとき、一成が戻ってくる。

「お待たせしました。熱いので気をつけて」

「ありがとうございます」

湯呑みを手にした都は、一成が淹れてくれた緑茶をひと口飲んだ。さわやかな茶葉の香りに、絶妙な渋み。ほのかな甘さも感じられて、その余韻《よいん》を楽しめる。

「お茶菓子を出せずにすみません」

向かいに座った一成が、気まずそうに言う。

「その……。ここには和菓子しか置いていなくて」

「いえそんな。お茶だけでじゅうぶんですから、お気になさらず」

湯呑みを茶托に置いた都は、背筋を正して一成を見据えた。

「今日は羽鳥さんに、あらためてお詫《わ》びをするためにまいりました」

「お詫び？」

「前に桜餅を出していただいたとき、わたし、羽鳥さんの前で嫌そうな顔をしてしまって……。あのときは失礼な態度をとって、本当に申しわけありません」

都は一成に向けて、深々と頭を下げた。

座卓を挟んだ正面から、戸惑いの気配が伝わってくる。

「そのために、わざわざここまで？」

「はい。直接お会いして、もう一度あやまりたかったんです」

「秋月さん、顔を上げてください。あれはあなたの好みも訊かずに、食べたくないものを出してしまった僕が悪いんです」

「でも、羽鳥さんには嫌な思いをさせてしまいました」

「それはその……。たしかにショックを受けなかったと言えば、嘘になりますが……」

言いにくそうにしながらも、一成は正直に本音を吐露してくれた。

ならば自分も、包み隠さず話してみようか。

「わたし……。子どものころは、和菓子が大好きだったんです」

顔を上げた都の口から、自然と言葉がこぼれ落ちる。

「実はわたしの父も、羽鳥さんと同じ和菓子職人でして」

「ああ、恭史郎さんから聞きました。山梨のほうにお店があるとか」

「戦後に祖父が開いたお店で、老舗とは言えませんけど、堅実にやってましたね」

過去形を使うのは、いまの状況を知らないからだ。両親が離婚してから、あの店には一度も行っていない。経営がかたむいたこともあったものの、なんとか持ち直し、現在も続いているとは聞いたけれど……。

「父は二代目で、母とふたりでお店を切り盛りしてました。わたしは父がつくるお菓子が大好きで、つくるところを間近で見せてもらったこともあって……。将来は和菓子職人になって、父のあとを継ぐんだとも言ってましたね」

父がつくったさまざまな和菓子を味見するのは、娘である都の特権だった。

小学校のクラスメイトは、ケーキやクッキーを好む子のほうが多かった。しかし都は父の影響で、饅頭《まんじゅう》や羊羹《ようかん》を愛する子どもに育ったのだ。美しい和菓子を生み出す父にあこがれて、自分も職人になろうと決めていた。

それなのに――

苦い記憶がよみがえってきたが、都はかまわず話を続けた。

「でもお店の売り上げは、年を追うごとに落ちてきていて。両親も焦っていたのか、次第に言い争うようになったんです。はじめは経営方針の違いでぶつかって、和菓子についても意見が割れて……」

崩壊のきっかけは、桜餅だった。

母は父に、あまり売れ行きがよくなかった桜餅について意見したのだ。材料のコストを抑え、製法も少し変えたらどうかと助言したが、父は聞く耳を持たなかった。職人でもない母に口を出されたことに腹を立て、大ゲンカになってしまったのだ。

亀裂《きれつ》が入った夫婦仲は、とうとう元に戻ることはなく……。

一年後には離婚が決まり、都は母に連れられて、父の店を離れたのだった。

「離婚したあと、母は父の話も、和菓子の話もしなくなりました。わたしも悲しくなるので、和菓子はあまり食べなくなったんです。十年以上も前のことだし、いまはその気持ちも薄れつつあるんですけど、桜餅だけはどうにも苦手で」

「……………」

「だけど本当は、昔みたいにおいしく桜餅を味わってみたいんです。羽鳥さんがつくる和菓子も、どんな味なのか知りたいなって……」

そこまで話したとき、都はようやく我に返った。

「あ……。その、長々とすみません」

急に恥ずかしくなって、都はたまらずうつむいた。まだ二回しか会っていない人に、プライベートな昔話をしてしまうなんて。聞かされた一成も困るだろう。

沈黙に耐えていると、ふいに一成がつぶやいた。

「そろそろ仕事に戻らないと」

「ご、ごめんなさい。すぐに帰りますから」

自分のせいで、貴重な休憩時間がつぶれてしまった。あわてて腰を上げかけると、一成が手で制する。

「帰れだなんて言ってませんよ。僕はこれから厨房に行くので……」

わずかな間を置いてから、一成は戸惑う都と目を合わせた。

「よかったら、和菓子をつくるところを見学してみませんか？」


「こちらが厨房です。どうぞ」

「お邪魔します……」

一成に案内された厨房は、さほど広い場所ではなかった。しかし、和菓子づくりに必要な設備はひととおりそろっている。

前かけとバンダナをつけ、手を洗った一成は、大きな鉄板の前に立った。

「生地は休憩前につくり終えて、寝かせておきました。これから焼いていきます」

そう言って、一成は鉄板に油をひいていく。

「この鉄板、平鍋《ひらなべ》っていうんでしたっけ？」

「ええ。鉄板ではなく銅板ですが。銅は熱伝導がいいので、鉄よりも均一に火が通るんです。どら焼きや鮎《あゆ》焼きなどをつくるときにも使いますね。生地を流すときに使うのも、お玉ではなくどら焼き用のどらさじですよ」

準備が終わると、一成はボウルに入った桜色の生地を、平鍋の上に落としていった。手早く楕円《だえん》に伸ばしながら、何枚もの生地を一気に焼いていく。

――すごいスピード……！

感覚が身についているのだろう。無駄な隙間《すきま》をつくらず生地を並べる手際も、形を崩さずひっくり返す速さも、経験を積んだ職人ならではの技だ。

（なんだか昔を思い出すなぁ）

よみがえったのは、子どものころの幸せな記憶。

自宅と店がつながっていたので、父はたまに都を厨房に入れてくれた。熱心に作業を見つめていると、できあがった和菓子を味見させてくれたこともあった。つくりたての和菓子を頬張ったときのおいしさを思い出し、口元がゆるむ。

なつかしい記憶に浸っていると、あっという間に生地が焼き上がった。焦げ目がつかないよう、絶妙な時間配分で仕上げられている。

粗熱《あらねつ》をとっている間に、一成はあらかじめつくっておいたこしあんを、慣れた手つきで丸めていった。こしあんは冷ました生地でくるりと包み、塩抜きずみの桜葉を巻きつければ、長命寺桜餅の完成だ。

ほれぼれするような仕事ぶりに見とれていると、一成が口を開いた。

「秋月さん。この桜餅、試食してみませんか?」

「えっ」

「お茶を出した時点では、すすめるつもりはありませんでした。ですが、あなたの話を聞いたいまは、食べてもらえたらいいなと思います。もちろん強要ではないので、無理に食べる必要はないですよ」

(羽鳥さんがつくった桜餅……)

彼の手から生み出された和菓子は、どのような味がするのだろう?

興味をひかれた都は、「はい」とうなずいた。

「わたし、羽鳥さんのお菓子を食べてみたいです」

「わかりました。では……」

一成が桜餅をひとつ、お皿にのせた。都の前に差し出してくれる。

「うちの父は、長命寺と道明寺、二種類の桜餅をつくっていたんですよ。わたしはどっちも好きでしたけどね」

「どちらも美味ですが、ここは鎌倉なので、関東風の長命寺にしました」

都をスツールに座らせた一成が、話を続ける。

「長命寺がどこにあるか、秋月さんはご存じですか？」

「え？　えーと……。たしか東京のどこかだったような」

「墨田区《すみだ》です。向島《むこうじま》のあたりですね」

（そうだったんだ……）

「桜餅のはじまりは江戸時代。長命寺は隅田川の近くにあるのですが、桜の落ち葉を掃除していた門番が、その葉をなにかに使えないかと考えたことがきっかけだとか。その結果生まれたのが、餡《あん》が入った餅を、塩漬けの桜葉で巻いたこのお菓子です」

「へえ……」

「現代は餅ではなく、小麦粉の生地で餡を包んでいますね。『ことりや』の桜餅は、薄力粉のほかに、白玉粉《しらたまこ》と寒梅粉《かんばいこ》も混ぜています。こしあんは北海道産の良質な小豆《あずき》を使い、丁寧に練り上げました」

さすがは和菓子職人。必要な情報は、すべて頭の中に入っているようだ。

「説明はこれくらいにしましょうか。どうぞ召し上がってください。手づかみでかまいませんから」

「はい。いただきます」

ずっと避けてきた桜餅。口にするのは本当に久しぶりだ。

都は緊張と期待でドキドキしながら、巻きつけてある桜の葉をはずした。口元に近づけると、薄紅色の生地に移った桜葉の甘い香りに、鼻先をくすぐられる。

「いい香り……」

桜餅をそっと口に入れると、桜葉の香りがさらに強く感じられた。白玉粉で弾力を上げたという生地は、もっちりしていてやわらかい。こしあんは手間をかけて練り上げられただけあって、そのなめらかさは舌の上でとろけるようだ。

甘すぎず渋すぎず、絶妙なバランスに仕上げられたこしあんは、日本茶とよく合うだろう。繊細かつ上品な味わいが心地よく、さらりとしているのにコクがある。

じっくり味わってから飲みこむと、自然と感嘆のため息が漏れた。

「おいしい……」

桜餅とは、これほど美味なものだったのか。久々ということもあって、より感動したのかもしれないけれど、一成の腕がすばらしいのは間違いない。

「桃源郷……」

「え？」

「これはまさに、桃源郷のお菓子です」

夢心地でつぶやくと、目をぱちくりとさせた一成が、誘いかけるように言う。

「ここで働けば、いつでも僕がつくった和菓子が食べられますよ」

「！」

「悪くない特典でしょう？　僕も恭史郎さんも、あなたの料理が気に入りました。秋月さんさえよければ、これからもこの家に来て、おいしい食事をつくってほしい。花桃屋敷と呼ばれているこの場所で」

「花桃屋敷……」

都は思わず立ち上がった。よろこびに胸が躍り、口元が自然とほころぶ。

「ありがとうございます。どうぞわたしにおまかせを！」

迷わず答えた、その瞬間――

都の「をかし」な日常が、雅やかに幕を開けたのだった。

時鳥《ほととぎす》の章

【黒蜜抹茶パフェ】

Kitakamakura KOTORIYA

花園《はなぞの》家事代行サービスは、JR大船《おおふな》駅の近くに事務所がある。

大船駅は横浜《よこはま》市と鎌倉《かまくら》市の境目にまたがる、湘南《しようなん》エリアの玄関口だ。ひと駅先には北鎌倉、その隣には鎌倉駅があり、電車で十分もかからない。隣接している駅から湘南モノレールに乗り換えれば、十数分で江《え》の島《しま》方面にも行くことができる。

東口の先には活気ある商店街が広がっており、西口を出て橋を渡れば、観光名所の大船観音寺《かんのんじ》にたどりつく。小高い山の上で、慈悲深く微笑《ほほえ》む真っ白な観音像は、この町のシンボル的存在だ。

「おはようございまーす」

新緑がまぶしい、五月の上旬。

秋月都《あきづきみやこ》はいつものように、テナントビルの二階にある事務所に出勤した。ドアを開けたとたん、中からラジオ体操の音楽が聞こえてくる。

「ミヤーコちゃん、おはよう！」

「今日は暑いわねえ。まだ五月だってのに」

音楽に合わせて体を動かしながら、ふたりの女性が笑顔を見せる。背が高くて痩《や》せているのが花園社長、小柄でぽっちゃりしているほうが、ベテラン社員の佐伯《さえき》だ。社長は六十過ぎだし、佐伯も今年で還暦だというのに、朝から生気にあふれている。

「そういえば、佐伯さん。腰はもう大丈夫なのー？」

「おかげさまでー」

「家事ってけっこう腰にくるのよねー」

「秋月ちゃんも、腰はいまから大事にしておいたほうがいいわよー」

そんな会話を聞いているうちに、ラジオ体操は第二に突入した。

十数人が働くこの会社で、正規の社員は三人のみ。そのうちふたりが都と佐伯で、あとのひとりは花園社長の息子だ。

社員はフルタイム（残業もある）だが、非正規は二、三時間の勤務も可能。時間の融通がきく上に、これまでに培《つちか》った家事能力も活《い》かせるということで、パートのスタッフは四十代から五十代の主婦が多い。二十五歳の都とは世代が違うのだが、ありがたいことに彼女たちからは可愛《かわい》がってもらっている。

（仕事先のお宅に行くのは午後からだし、いまのうちに）

事務用チェアに座った都は、バッグの中から一冊のノートをとり出した。

これまでの仕事でつくった料理は、このノートにまとめている。レシピはもちろん、写真も添えると、読み返したときにわかりやすい。顧客に出した食事についても、その内容をつぶさに記録し、反応や改善点なども書きこんでいた。

（これからもっと暑くなるし、夏向けの献立《こんだて》を考えなきゃ）

ノートには何枚かの紙が挟まっていて、走り書きのメモがしたためられていた。眼鏡のブリッジを押し上げた都は、内容をまとめてノートに清書していく。

作業をはじめてしばらくすると、佐伯に声をかけられた。

「秋月ちゃん、お茶どうぞ。社長が買ってきてくれた新茶よ」

「あ、すみません。わたしのぶんまで」

「いいのいいの。ちょうど手があいてたから」

明るく笑いながら、佐伯は都のデスクの上に湯呑《ゆの》みを置いた。

先にお茶を飲んでいた社長が、思い出したように口を開く。

「そうそう。お茶請けにぴったりのお菓子があるのよ」

席を立った社長が、パーテーションで区切られた応接スペースから、大きな箱を持ってきた。中をのぞきこんだ佐伯が、嬉《うれ》しそうに声をはずませる。

「あら！　おいしそうねえ」

上品な藤《ふじ》色の化粧箱に入っていたのは、どら焼きの詰め合わせだった。透明な袋に包まれたどら焼きはやや小ぶりで、通常のつぶあんと抹茶《まっちゃ》味の二種類があるようだ。それぞれ十個ずつ並んでいるので、スタッフ全員に行き渡る。

「あれ？　このマーク……」

袋にプリントされたシンボルマークには、見覚えがあった。

丸みを帯びた鳥をモチーフにした、可愛らしいこのマークは――

「昨日、各務《かがみ》さんがここにいらしてね。そのときにいただいたのよ」

「あ、やっぱり『ことりや』のお菓子でしたか」

「夕方の五時ごろだったから、ミャーコちゃんはいなかったわね。仕事で近くまで来たついでに、定期契約をしたいって。指名はもちろん、ミャーコちゃんでね」

「！」

「指名の定期契約、はじめてだったわよね。おめでとう」

目を輝かせる都に、社長はにっこり笑って言った。

各務恭史郎《きょうしろう》は、先月、家事代行のお試しプランを依頼してきた男性だ。

美しい花が咲く庭が印象的な、北鎌倉の花桃《はなもも》屋敷。その屋敷に住む恭史郎は、家主で和菓子職人の羽鳥一成《はとりいっせい》と、ふたりで菓子工房を営んでいる。お試しだけで終わってしまうことも多々あるのだが、恭史郎と一成は、都がつくる料理を気に入ってくれた。

そのうえ指名で契約してくれたのだ。ほかのだれでもない、この自分を求めてもらえたことがとても嬉しい。

「各務さんって、私がギックリ腰でダウンしたときの？」

佐伯の言葉に、社長が「そうよ」とうなずく。

「あのときは、ミャーコちゃんが代わりに行ってくれたのよね。助かったわ」

「休日出勤だったんでしょ？　その節はありがとねー」

「いえいえ。お役に立ててよかったです」

先月に腰を痛めた佐伯は、一週間ほど休んだのちに復帰した。幸い、症状は軽めだったらしく、いまでは前と同じくバリバリ働いている。

ベテランの不在は痛かったが、少しでもその穴が埋まるよう、都は精力的に仕事をこなした。残業続きで疲れ果て、アパートには寝るためだけに帰る日々。自炊《じすい》はもちろん、洗濯や掃除もろくにできなかったけれど、悪いことばかりでもなかったと思う。佐伯のピンチヒッターを引き受けたおかげで、一成や恭史郎と出会えたのだから。

「各務さんといえば。昨日はじめて会ったんだけど、これがまたいい男でねえ」

頰《ほお》に手を添えた社長が、うっとりしながら言う。佐伯がきらりと目を光らせた。

「それは聞き捨てなりませんね。そんなにイケメンだったんですか？」

「顔もよかったけど、とにかくこう、紳士的っていうの？　スーツ姿も決まってて、笑顔が素敵な色男だったわぁ」

「えー、私もお目にかかりたかったー！」

社長と佐伯が盛り上がる中、都はどら焼きが入った箱に視線を落とした。抹茶味と書かれた袋を手にとると、社長が「そういえば」と声をあげる。

「ミャーコちゃん、和菓子は苦手なのよね？」

「あ、えーと。苦手ではあったんですけど」

「無理に食べなくてもいいのよ。冷蔵庫にフルーツゼリーもあるし」

「ありがとうございます。でも……」

ひと月前の自分なら、迷わずゼリーを選んでいたはず。しかしいまは、このどら焼きが食べたくてしかたがない。「ことりや」の味を知り、心を大きく揺さぶられたことで、和菓子を求める気持ちが戻ってきたのだろうか。

顔を上げた都は、晴れ晴れとした笑みを浮かべた。

「実はわたし、『ことりや』のファンなんです」

「あら、意外ね。食べたことあるの？」

「まだ一回だけなんですけど、桜餅《さくらもち》を。それがもう感動的なおいしさで」

「えっ、すごい。洋菓子派のミャーコちゃんに、そこまで言わせるお店があるなんて。これは期待大だわね」

「ですよね！」

いそいそと席に戻った都は、どら焼きの袋を開けた。

ムラなくふっくらと焼き上げられた皮は、職人ならではの匠《たくみ》の技。二枚の皮の間に、つぶあんと抹茶クリームがぎゅっと挟みこまれている。

「ではでは。いただきまーす」

律儀に両手を合わせてから、都はどら焼きにかじりついた。

蜂蜜《はちみつ》がたっぷり使われているのだろう。やわらかい皮は口あたりがよく、食感はしっとりふわふわ。丁寧に炊《た》き上げられたつぶあんには、小豆《あずき》の旨味《うまみ》が凝縮されている。優しい甘さのつぶあんに、ミルクの風味を残した、まろやかな抹茶クリーム。甘さと苦み、そして渋みがうまく調和していて、それぞれの魅力を引き立たせている。

「ああ、最高……」

(濃厚なのに後味すっきり。やっぱり羽鳥さんの和菓子はすごいなぁ)

見た目は小ぶりでも、満足感がとても高い。桜餅もそうだったが、つくり手のすぐれたセンスと、こまやかな仕事ぶりがうかがい知れる逸品だ。花桃屋敷の菓子工房で、黙々と仕事に取り組む一成の姿が脳裏に浮かぶ。

「ねえ社長、見てくださいよ。秋月ちゃんの表情」

「まさかあの子が、和菓子を食べてあんな顔をするとはねえ」

「よっぽど気に入ったのかしら。その『ことりや』とかいうお店が」

「ふふ。一時はどうなることかと思ったけど、いい方向に転がったみたいね。定期契約の顧客も増えて、万々歳《ばんばんざい》だわ」

どら焼きを食べ終えても、都がその余韻《よいん》に浸っていると――

「ミヤーコちゃん。『ことりや』さんのお宅には、来週から行ってもらうわよ」

社長の言葉が、都を夢の世界から現実へと引き戻す。

はっとして視線を向けると、真剣な面持《おもも》ちの社長と目が合った。

「料理の腕がいいだけじゃ、指名までには至らない。この仕事をするならあたりまえのことだもの。大事なのはスタッフの人柄と、お客さんとの相性。だれだって信用の置けない人間を、気軽に家に上げたくないでしょ？」

「家に入られることに抵抗がある人も多いですよね」

「その通り。それでも各務さんと羽鳥さんは、ミヤーコちゃんを選んだわ」

立ち上がった社長が、ゆっくりとこちらに近づいてくる。

「指名料が別にかかっても、あなたがいいと言ってくれたの。料理の腕はもちろん、人柄も含めて気に入ってもらえたんでしょうね」

満足そうに笑った社長が、都の肩をぽんと叩く。

「これはあなたが自分の力でとった仕事よ。がんばりなさいね」

「はい！」

今回は代理でもヘルプでもなく、自分を選んでもらえたのだ。

ようやく一人前になれた気がして、都は「よし！」とこぶしを握りしめた。


「都ちゃん、いらっしゃい。今日も歩き？」

「はい。スクーターはこの雨だとちょっと怖いので」

「その点、車は楽だよな。――ほら、これで拭くといい」

「わ、すみません。ありがとうございます」

「梅雨寒《つゆざむ》だし、風邪引かないようにね」

微笑みながらタオルを貸してくれた恭史郎は、あいかわらずスマートだ。

今日は朝から雨脚《あまあし》が強く、傘をさしてもあちこち濡れてしまった。体も冷えていたようで、やわらかいタオルのぬくもりが心地いい。

「恭史郎さんは今日もお仕事ですか？」

「まあね。午前中は事務をやってるから、都ちゃんが帰るまでは家にいるよ」

外出の予定があるのか、恭史郎は腕まくりをしたワイシャツにスーツ用のベストというでたちだった。一成も離れの菓子工房で仕事をしているのだろう。

(恭史郎さんの普段着と、一成さんの洋服姿。まだ見たことないんだよね)

ここで働き続けていれば、いつかは目にすることができるだろうか。

都が花桃屋敷に通うようになってから、一か月あまりが経過した。

はじめは緊張していたのだが、仕事に慣れていくにつれ、不安は少しずつ小さくなっていった。苗字《みょうじ》ではなく下の名前で呼び合っているのは、恭史郎の提案だ。親睦《しんぼく》を深めるためだと言われたが、口に出してみるとたしかに、より親しみが湧いてくる。

体を拭いてひと息つくと、靴箱の花瓶《かびん》が目にとまった。

「紫陽花《あじさい》だ……！」

「昨日、一成くんが活《い》けたんだよ。裏庭からいい色のものを選んできてね」

涼しげなガラスの花瓶には、色濃い青の紫陽花が飾られていた。

一成曰《いわ》く、裏庭に咲いているのはヒメアジサイという種類らしい。いまの時季には多くの観光客がおとずれる、あじさい寺こと明月院《めいげついん》に植えられているものと同じだそうだ。雨露に濡れた花は手毬《てまり》のように愛らしく、しっとりとした色気もまとう。

移り気という花言葉があるくらいに、土壌によって色を変える神秘的な花。雨がよく似合う花は、じめじめとした梅雨の季節に彩《いろど》りを添えてくれる。

「ところで都ちゃん、お昼のメニューは？」

「一成さんの大好物です」

「ハンバーグ？　それともオムライス？」

「それはできてからのお楽しみということで」

にっこり笑った都は、レインブーツを脱いで家に上がった。恭史郎と別れて台所に入ると、ふくらんだエコバッグを肩から下ろす。

話し合いの結果、羽鳥家には週に二日の頻度《ひんど》で通うことになった。

仕事内容は、お試しプランのときとほぼ同じ。昼食の準備に、おかずのつくり置き。定期契約になったので、食材の買い出しも加わった。三時間コースのおかげで、時間にはゆとりがある。そのためいまは、スーパーに寄ってから訪問していた。

（えーと。まずは保存用のおかずから）

頭の中で献立を組み立てながら、都はさっそく仕事にとりかかった。

オクラの豚バラ肉巻きに、濃厚なタレを絡めた鮭《さけ》の照り焼き。ひじきと油揚げの甘辛煮に、夏らしいナスとミニトマトのマリネ。顧客の好みをとり入れつつ、予算内でいかに満足のいく料理がつくれるか。腕の見せどころだ。

（先月は失敗しちゃったからなー……）

苦い記憶がよみがえり、都は思わず天井をあおいだ。

はじめて指名してもらえた嬉しさで、気負いすぎてしまったのだろう。食材の質を求めるあまり、途中で予算をオーバーしそうになったのだ。あわてて佐伯に相談し、事なきを得たのだが、あやうく迷惑をかけるところだった。その反省を踏まえて、今月は食材費に気を配っているし、スーパーのチラシもしっかりチェックしている。

保存用のおかずができあがると、今度は昼食づくりだ。

冷蔵庫からとり出したのは、さきほどスーパーで購入した、お買い得品の鶏《とり》モモ肉。ほかにもサラダ用のトマトやキュウリ、あざやかな黄色のパプリカも買っておいた。卵と玉ねぎはまだ残っているから、それを使おう。

「スープはどうしようかなぁ。こってりよりはさっぱり系？」

食材と調理器具をそろえた都は、玉ねぎの皮をむきはじめた。

本日の汁物は、細切りにしたニンジンと薄切りの玉ねぎ、そしてベーコンを煮込んだコンソメスープにしよう。買ってきた夏野菜を切り分けて、サラダもつくる。

（これでよし！　あとはメインね）

鶏モモ肉は余分な脂肪《しぼう》をとりのぞいてから、一センチほどの角切りに。玉ねぎも同じくらいの大きさに切っていく。それが終わるとボウルに卵を割り落とし、塩コショウと牛乳を加えて混ぜ合わせた。この卵液をザルで濾《こ》しておくと、きめ細かくなめらかな口あたりに仕上げられる。時間があるときのひと手間だ。

下ごしらえを終えてから、都はフライパンを火にかけた。

まずは鶏肉と玉ねぎを炒《いた》め、ご飯をほぐしながら加えていく。味つけはケチャップと塩コショウでシンプルに。トマトピューレやコンソメ、ウスターソースなどを使うとさらに深みが出るのだが、ここでは一成の好みに合わせている。

都はフライパンをざっと洗い、ふたたびコンロの上に置いた。

バターを溶かし、あらかじめつくっておいた卵液を流し入れると、食欲をそそる香りが立ちのぼる。卵液は菜箸《さいばし》でかき混ぜながら、半熟になるまで火を通すのがポイントだ。頃合いを見て火から下ろし、チキンライスを上にのせる。

薄焼き玉子が破れないようそっと包み、フライパンにお皿をかぶせて……。

「よっと」

かけ声とともに、フライパンを一気にひっくり返す。

「ふっふっふ。我ながらすばらしい」

満足のいく料理ができた暁《あかつき》には、遠慮なく自分を褒めるべし。

これもまた、単調な日々を盛り上げて、楽しく過ごすために必要なことだ。

クッキングシートできれいに形をととのえてから、都は同じ要領で、合計三皿のオムライスをつくりあげた。いつもよりひとりぶん多いのは、恭史郎が「よかったら、都ちゃんも一緒に食べない？」と誘ってくれたからだ。

彼のおかげで、一食ぶんのランチ代が浮いた。とても助かる。

恭史郎の優しさに感謝しながら、都はケチャップのチューブを手にとった。

気分がいいと、遊び心が芽生える。ラグビーボールのような形のオムライスをキャンバスにして、可愛いイラストを描いていると――

「都さん」

「わっ⁉」

背後から声をかけられて、都はびくりと肩をふるわせた。チューブを持つ手に力が入りかけたが、ぎりぎりのところでこらえる。

「ふう……。危なかった」

「すみません。おどろかせてしまったようで」

「あ、いえいえ。気にしないでください」

出入り口に立っていたのは、離れにいるはずの一成だった。

食事のために戻ってきたのだろう。仕事着である紺《こん》色の着物を身にまとい、バンダナや前かけはつけていない。普段は無表情なのだが、テーブルの上で湯気を立てる好物を見たとたん、明らかに両目が輝いた。いそいそと近づいてくる。

「お昼はオムライスですか」

心なしか、声も少しはずんでいるような。いつもは真意が読みとりにくいだけに、素直によろこんでくれて嬉しくなる。

「今日はケチャップで絵を描いてみました」

「いいですね。迫力のある妖怪だ。化け猫ですか？」

「そ、そんな感じです」

（うう。いまさら違うとは言えない）

一成が可愛がっている猫たちのつもりだったが、妖怪になってしまった。もっと単純なスマイルマークにしておけばよかったと思ったけれど、もう遅い。次にオムライスをつくるときまでに、ケチャップアートの練習をしておこう……。

「できたものは居間に運びますよ」

「ありがとうございます。じゃあこれとこれを……」

お盆を手にした一成が出ていくと、都は食器棚の戸を開けた。

スープ用のカップに手を伸ばしたとき、近くに置いてあったマグカップが目に入る。プリントされているのは、三年ほど前に放映された女児向けアニメのキャラクターだ。保育園に勤めていたとき、女の子たちの間で流行《はや》っていたから憶《おぼ》えている。

（一成さんか恭史郎さんが使ってる……わけないか）

この屋敷には以前、一成の祖母が住んでいたという。

食器は昔からあったものを引き継いだようだし、マグカップもそのまま置いてあるのだろう。ほかにもクマやうさぎのキャラクターがついた食器があり、子どもの気配が残されている。三年前に幼児だったとしたら、いまは小学生くらいか。

（それにしても、なつかしいなー。このアニメ）

マグカップを手にとると、当時のことを思い出す。

「ハロウィンパーティーでコスプレしたら、大人気だったっけ」

「コスプレ？」

「わっ⁉」

デジャブを覚えてふり向くと、いつの間にか一成が戻ってきていた。都の手にあるマグカップに視線を落とす。

「それは……」

「あ、すみません。前から気になってたのでつい」

あわてて戻そうとしたが、一成は「かまいませんよ」と言ってくれた。

「そのカップは、まりなのものです」

「まりな？」

「僕の姪《めい》ですよ」

あっさりとした答えが返ってくる。

（そういえば、一成さんにはお姉さんがいるんだっけ）

一成の六つ上だと聞いたから、今年で三十七歳になるはずだ。

瑠花《るか》という名前だったような気がするが、その人の娘だろうか？

「いまはたしか、小四だったかな……。祖母が生きていたころは、姉とふたりでよく遊びに来ていたみたいです。僕が『ことりや』をはじめてからも、ときどき顔を見せに来てくれましたよ。このところは姉が多忙で、半年ほど会っていませんが」

「お姉さんと姪御さん、どちらにお住まいなんですか？」

「それほど遠くはないですよ。由比《ゆい》ガ浜《はま》のあたりです」

「由比ガ浜!?」

思っていた以上に近かった。電車には乗るけれど、二駅くらいしか離れていない。

「市内なら、会いたいときに会えますね」

「ええ。でもお互いに仕事があるので、そんなに頻繁《ひんぱん》には会いませんよ」

ドライな返事だったが、姉との仲は悪くないのだろう。不仲であれば、たとえ隣に住んでいたとしても、顔を合わせたりはしないはずだ。都はひとりっ子なので、大人になっても交流できるきょうだいがいることがうらやましい。

「お姉さんたち、近いうちにいらっしゃる予定はありますか？」

「さあ、どうでしょう。いまのところは聞いていませんが」

「もし来るなら、ちょっと見てみたいなと思って。一成さんと似てます？」

「いえ、まったく。僕は姉よりも、あに――」

言いかけた一成が、その先の言葉を飲みこむように口をつぐんだ。

眉間《みけん》にぐっとしわが寄り、顔をしかめる。そこには隠しきれない負の感情がにじみ出ていた。彼がそれほど不快感をあらわにするのは、はじめてのことだ。

「あの、一成さん？」

遠慮がちに声をかけると、一成は我に返ったように瞬《またた》いた。

「わたし、なにか気にさわるようなこと言っちゃいました？」

「いや、都さんのせいじゃない。失礼しました」

一成が言葉を切ると、気まずい沈黙が流れる。

（こ、こういうときはなんて言えば……!?）

困って視線をさまよわせていると、廊下のほうから人の気配が近づいてきた。暖簾《のれん》をかき分け、恭史郎が顔をのぞかせる。

「都ちゃん、どうしたの？　はやくしないとオムライスが冷めるよ」

「あっ、すみません。あとはスープだけなので」

内心でほっとしながら、都は手にしていたマグカップを棚に戻した。


七月に入り梅雨が明けると、本格的な夏がやって来た。

抜けるような青空に、大きく盛り上がった白い雲。

まぶしい日差しが照りつけて、まっすぐ伸びた道端の立葵《たちあおい》が、色あざやかな花を咲かせている。うるさいくらいの蟬《せみ》の鳴き声に、サウナのような猛烈な熱気。山に囲まれた北鎌倉はあいかわらずの落ちつきぶりだが、材木座《ざいもくざ》や由比ガ浜といった海水浴場は、多くの人でにぎわっていることだろう。

「海水浴か……」

　羽鳥家の台所でカレーを煮込みながら、都はぽつりとつぶやいた。

　内陸の山梨で生まれ育ったからか、海にはあこがれがある。

　両親は和菓子屋を経営していたため、あまり休みをとることができなかった。それでも小学生のとき、一度だけ湘南の海に連れていってくれたのだ。

　両親はまだ仲がよく、数年後に離婚するなど思いもしなかった、幸せなころ。都の浮き輪を引っぱって、一緒に波に揺られていた父と、ビーチパラソルの下で楽しそうに笑っていた母の顔。そして海の家で食べたかき氷の味は、いまでもよく憶えている。

　いま住んでいるアパートに引っ越したのは二十歳《はたち》のときだが、水着になるのが恥ずかしくて、海水浴はしていない。たまの休みにモノレールや江ノ電《えのでん》に乗って、浜辺をのんびり歩くだけでも、いい気分転換になる。

　この時季は人だらけだし、行くなら九月になってからのほうがよさそうだ。

　そんなことを考えていたとき、インターホンが鳴った。

（宅配便かな？）

　午前中に来るはずだから受けとっておいてほしいと、外出中の恭史郎から頼まれていたのだ。コンロの火を止めた都は、急いで玄関に向かった。

「お待たせしました！」

浸透印《しんとういん》を手に引き戸を開けた都は、ぱちくりと瞬きした。

「あれ？」

そこに立っていたのは配達員ではなく、水色のTシャツを着た少女だった。

小学生――四年生か五年生くらいだろうか。やわらかそうな髪をふたつに分け、水玉模様の飾りがついたヘアゴムで結んでいる。

可愛いクマのマスコットつきのポシェットを斜めがけにしているが、それに加えて大きなリュックも背負っていた。修学旅行か林間学校にでも行くかのような大きさで、パンパンにふくらんでいる。

（こ、この子はいったい……）

宅配便ではなく、女の子？　そんな話は聞いていない。

少女もおどろいたらしく、目を丸くして、エプロン姿の都を凝視している。

しばし見つめ合っていると、少女がふにゃりと表情を崩した。

「いいにおーい……」

台所からただよってくるのは、スパイシーなカレーの香り。食欲を刺激されたのか、少女のお腹《なか》が大きく鳴った。恥ずかしそうに腹部を押さえる。

照れ隠しなのか、顔を上げた少女が早口で言った。

「あのっ。ここ、羽鳥さんのおうちですよね？」

「え？　ええ、そうですけど」

「よかったぁ……。えっと、イッセーくんとキョーちゃんは」

「？」

首をかしげた都は、ややあって「ああ！」とうなずいた。

一成くんと恭ちゃん。おそらくあのふたりのことを言っているのだ。気軽に名前を呼んでいるし、親しい間柄なのかもしれない。保護者らしき人が見当たらないけれど、もしやひとりで来たのだろうか？

「一成さんはお仕事中で、恭史郎さんはお出かけしてるんだけど……」

少女が来ることがわかっていたなら、都にその旨《むね》を伝えているはず。それがないということは、この訪問は突然なのだろう。ここは暑いし、とりあえず中に入ってもらおうかと思ったが、家主の許可なく勝手なことはできない。

「ちょっと待ってね。いま連絡するから」

都はエプロンのポケットからスマホをとり出し、一成に電話をかけた。なにかあったときのために、番号を教えてもらっているのだ。

『はい、羽鳥です』

「あ、一成さん！　お仕事中にすみません」

『大丈夫ですよ。どうしました？』

「実はいま、玄関にお客さんがいらしていて。えーと、お名前は……」

（あっ、しまった。まだ訊《き》いてなかった）

ちらりと視線を向けると、察した少女が口を開く。

「まりなです。イッセーくんの姪っ子の、羽鳥まりな」

「え……」

――め、姪っ子!?

大きく目を見開く都に、少女――まりなが真剣な表情で言った。

「わたし、家出してきたの。だからこの家に置いてください！」


「家出？　まりなが？」

「はい。ひとまず上がってもらって、居間に通しました。お腹がすいてるみたいだったので、お昼用のカレーを出したんですけど……」

一成が離れから戻ってくると、都は玄関先で事情を伝えた。

「信じがたいですね。小学生が家出だなんて」

「でも、本気だと思いますよ。大きなリュックを背負ってましたし。それにここまでひとりで来たみたいです」

「……」

「家が由比ガ浜の近くなら、そんなに遠くはないですけど……」

めったなことでは動じない彼も、さすがにおどろいているようだ。久しぶりにやって来た姪っ子が、大荷物をかかえて家出してきたというのだから無理もない。困惑の表情を浮かべ、三和土《たたき》にそろえてある、まりなのスニーカーを見つめる。

「とにかく、まずは本人の話を聞いてみましょう」

都は草履《ぞうり》を脱いだ一成とともに、居間に向かった。

畳《たたみ》敷きの居間に入ると、まりなは都がつくったポークカレーをもりもり食べていた。市販のルーを使ったいわゆる「家庭のカレー」なのだが、辛味が苦手な一成のために、マイルドに仕上げている。子どもでもおいしく食べられる辛さだ。

「いらっしゃい、まりな。今年のお正月以来ですね」

「イッセーくん！」

まりなが嬉しそうな声をあげる。

「髪が伸びましたね。少し見ないうちにお姉さんらしくなって」

「だってもう、四年生だもん。オトナだよ」

誇らしげに胸をはる姿が、なんとも微笑ましい。

「このカレー、すっごくおいしいよ！　イッセーくんの奥さん、お料理上手だねえ」

「え？」

「ケッコンしたって、なんで教えてくれなかったのー？」

「ええっ」

予想外の言葉に、都はのけぞりそうになった。まさかそんなふうに思われていたとは。

うろたえまくる都とは対照的に、一成は落ちつき払っていた。

「誤解ですよ。僕はいまでも独身です」

「じゃ、キョーちゃんの奥さん？」

「恭史郎さんの奥さんでもありません。都さんは家事代行サービスの人です。僕たちと契約して、仕事で食事をつくりに来てくれているんですよ」

「なーんだ。お仕事かぁ。ザンネン」

期待がはずれたとばかりに、まりなは小さく肩をすくめた。

姪っ子にも敬語で接し、子ども扱いしないところは彼らしい。相手が誰でも一定の距離を保ち、とっつきにくい雰囲気もあるのに、まりなは気にしていないようだ。都にも臆せず話しかけてきたし、社交的な子なのだろう。

まりなの向かいに座った一成が、手にしていた風呂敷包みを座卓に置く。

「イッセーくん、なにそれ？」

「水羊羹《ようかん》です」

一成が包みを開けると、紙箱の中には手のひらサイズのカップに入った水羊羹が、きれいに四つ並んでいた。羊羹よりも水分が多く、喉越《のど》しはつるりとなめらか。重すぎないさっぱりした甘さが絶妙で、夏でも食べやすい和菓子だ。

「お中元用につくったものが余りまして。昼食後のおやつにどうかと」

「いいですね。カレーのあとって、甘いものが食べたくなるし」

「四つあるので、都さんもいかがですか？」

「わ、嬉しい！　ありがとうございます。一成さんと恭史郎さんと……まりなちゃんはもう食べる？」

カレーを平らげたまりなに訊くと、彼女は「ううん」と首をふった。

「いまはお腹いっぱい？」

「そうじゃなくて。わたし、あんこってあんまり好きじゃない」

「そ、そっか……」

子どもゆえのストレートな返事に、一成が気を悪くしないかとあわててしまう。

しかし都の心配をよそに、一成は眉ひとつ動かさずにさらりと言った。

「この年頃ならそんなものですよ。あんこが苦手な子も多いですから」

「まあ……たしかに」

自分が小学生だったころを思い出しても、和菓子が好きな子は少数派だった。都は父親の影響で和菓子に肩入れしていたが、ほかの子たちは見た目が華やかで、キラキラした洋菓子のほうに惹《ひ》かれていたと思う。

練り切りや錦玉羹《きんぎょくかん》など、色合いや造形次第で美しくなる和菓子もある。しかし洋菓子とくらべてしまうと、地味な印象になるのは否めない。控えめながらも上品で、芸術的かつ雅《みやび》やかな和の魅力は、子どもにはなかなか伝わりにくいものだ。

「それはともかく、本題に入りましょう」

風呂敷をたたんだ一成が、まりなをまっすぐ見据える。

「都さんから聞きました。家出をしてきたというのは本当ですか？」

「ほんとだよ。着替えとか、いろいろ持ってきたし」

まりなはそう言って、居間の隅《すみ》に置いてあるリュックに目をやった。

その上に鎮座して満足そうにしているのは、ぽっちゃり気味のボディが魅力的なオス三毛猫の源《げん》である。スリムで機敏、クールな姉の桃《もも》は、そんな弟の姿をあきれ顔で見つめている（ように見えた）。

「にゃんこもいるし、わたしもこの家に住みたい」

「……お母さんは知っているんですか？　まりながここにいることを」

「知らないよ。ママには友だちの家に遊びに行くって、ウソついたもん」

母親の話になったとたん、まりなは不機嫌そうにそっぽを向いた。どうやら家出の原因は、そのあたりにあるようだ。

「まりな、嘘《うそ》をつくのはよくないですよ」

「……」

一成の声はおだやかだけれど、まりなを見る目は厳しかった。

叔父として、ここはきっちり叱るべきだと思ったのだろう。

「それに、近いとはいえ、電車に乗ってきたんでしょう？　無事についたからよかったものの、なにかあったら大変なことになるところだった。ここは親の許可もないのに、ひとりで来てもいい場所ではないですよ」

姪っ子を思うがゆえの苦言だったが、まりなはふてくされたままだ。

「お母さんとなにかあったんですか？」

「べつに……」

「ケンカでもしましたか」

「イッセーくんには関係ないでしょ」

「関係あります。事情も知らないのに、まりなをこの家に置いておくわけにはいきませんからね。教えてくれないのなら、あなたのお母さんに訊くまでです」

冷静に言った一成が、着物の袂《たもと》からスマホをとり出す。

「お母さんは仕事中ですか？」

「……朝から書斎にこもってる。締め切りが近いから」

（書斎？　締め切り？）

黙って話を聞いていた都は、それらの言葉に首をかしげた。まりなの母は、自宅で仕事をしているのだろうか？　書斎にこもっていたとしても、時刻はまもなく正午になる。休憩をとるためいったん仕事を切り上げて、部屋から出てくるのではないか。

「とりあえず、ここにいることは知らせないと」

顔を上げた一成が、むすっとしているまりなを見る。

「お昼を過ぎても帰ってこなかったら、心配すると思いますし」

「心配なんてするわけないよ」

　ぼそりと聞こえてきた声は、なにかをあきらめていると同時に、どことなく拗《す》ねているようにも感じられた。少なくとも、いまのまりなが母親に対してよい感情を抱《いだ》いていないことは明白だ。いったいなにがあったというのだろう。

「ママはね、わたしのことがジャマなんだよ」

「そんなわけないでしょう」

「あるもん！」

　表情をゆがめたまりなが、鋭く叫んだ。

　勢いよく立ち上がったかと思うと、リュックが置かれた場所に駆け寄り、こちらに背を向けて座りこむ。おどろいた猫たちは逃げようとしたが、動きの鈍い源がつかまった。まりなはジタバタする源を抱きしめながら言い放つ。

「ママに連絡したって、わたし、ぜったい帰らないからね！」

「……」

　不穏な空気が流れる中、都ははらはらしながら成り行きを見守っていた。部外者の自分が口を挟むわけにはいかないし、どうすれば――

重苦しい沈黙を破ったのは、廊下のほうから近づいてくる足音だった。中庭に面した上げ下げタイプの猫間障子《ねこましょうじ》が開き、恭史郎が姿を見せる。

「ただいまー……って、なんだこの重たい空気は」

「きょ、恭史郎さん。これはその」

中に入ってきた彼は、障子の近くに立つ都、座布団の上に正座している一成の順に視線を向けた。最後に居間の隅に目をやって、「ん？」と首をひねる。

「子どものお客さん？　めずらしいな」

「キョーちゃん……」

「ああ、だれかと思えばまりちゃんか。久しぶりだなあ。遊びに来たの？」

事情を知らない恭史郎は、ふり向いたまりなに笑顔で話しかける。はりつめた空気がゆるみ、まりなもほっとしたように表情をやわらげた。都が胸をなで下ろすと、一成がスマホを手にしたまま立ち上がる。

「恭史郎さん。しばらく席をはずしますので、ここにいてもらえますか？」

「わかった。どっちにしろ、ここで昼ご飯を食べるつもりだったから」

一成の様子から、なにかを悟ったのだろう。それでも言及することはなく、恭史郎は笑いながらうなずいた。

「というわけで、都ちゃん。よろしく頼むよ」

「あ、はい！　すぐにあたためますね」

ネクタイをゆるめた恭史郎が、座卓の上に置かれた空《から》のお皿に目を落とす。

「お、今日はカレーか。福神漬けはある？」

「ありますよ」

「カレーにはやっぱり福神漬けだよな。一成くんは目玉焼きだったか」

「耳寄り情報をゲット！　一成さんは卵がお好きなんですね。オムライスも好物ですし」

「卵は栄養価が高いでしょう。それに加えて味もいいから好きなんです」

食べ終わった食器をまとめた都は、お盆を手にして居間を出た。

先に廊下に出ていた一成が、障子を静かに閉めてくれる。

「姉に電話をしてきます」

「わかりました。お昼ご飯はそのあとですね」

「ええ。恭史郎さんのぶんと一緒に、居間に用意しておいてください」

そう言って、一成は彼の私室があるほうへと去っていった。

台所に戻った都は、ふたたびコンロの火をつけた。鍋に入ったカレーをあたためている間に、お皿にご飯を盛りつけ、福神漬けを添える。

（あとは卵ね。片面焼きの半熟で！）

食事の支度がととのったころ、一成が台所に入ってきた。

「あ、お姉さんと連絡とれましたか？」

「ええ。まりながここにいることを伝えたら、おどろいていました」

「でしょうねえ……」

近所で遊んでいると思っていた娘が、北鎌倉にいたのだ。しかも叔父会いたさなどではなく、家出してきたというのだから、さぞかし仰天したに違いない。一成の姉はどうするのかと思っていると、冷蔵庫のドアを開けた一成が続ける。

「これから仕事の打ち合わせがあるそうですが、終わり次第ここに来ると」

「お姉さんって、なんのお仕事をされてるんですか？」

「脚本家です。ドラマや舞台などのシナリオを書いていまして」

「えっ、すごい！」

思わぬ答えに、都は目を丸くした。

まりなの話に出てきた「書斎」や「締め切り」という言葉に納得する。いまどき手書きはないだろうが、どこか浮世離れした一成の姉だ。品のよい着物に身を包み、レトロな文《ふ》机《づくえ》で原稿用紙にペンを走らせている姿を想像してしまう。

「売れっ子と言えるほどではないですが、仕事は定期的に依頼されるみたいです」

牛乳パックを開けた一成が、中身をコップの中にそそいだ。カレーを食べるときの飲み物は、牛乳がいいらしい。辛さを中和させるためだろう。

「昔は大きく当たった作品もありましたけど、ここ何年かは不発で、細々とやっているようですね。フリーランスだから収入も不安定だろうし……。ひとりでまりなを育てないといけないプレッシャーも大きいのではないかと」

「ひとりで……？」

「三か月くらい前に連絡があったんですよ。離婚したから旧姓に戻ると」

思い返せば、まりなは自分の苗字を「羽鳥」と言っていた。あれは両親が離婚して、母親に引きとられたからだったのだ。まりなと一成の会話の中に、父親の存在がまったく感じられなかったのもそのためだろう。

（そっか。うちと同じ……）

めずらしいことではないけれど、そう思うと親近感が湧いてくる。

「家は姉名義で買ったので、元義兄《あに》のほうが出ていったみたいですね。引っ越しや転校で環境が変わったわけではないですが……。母親とふたり暮らしになったことで、これまでになかった不満や不安が出てきたのかもしれません」

「そうですね……」

都は出ていった側だが、離婚してからしばらくは、父がいない生活に戸惑っていた。いまのまりなも、あのころの自分と似たような不安をかかえているのだろうか？ 親の問題だからしかたないと、割り切れるほど大人ではない。かといって、なにもわからないほど幼くもない。だからこそ、彼女の気持ちを思うと胸が痛くなる。

「まあ、とりあえず」

カレー皿と牛乳のコップをお盆にのせた一成が、淡々《たんたん》と言った。

「これからどうするのかは、姉が来てから決めましょう」

『まりなはしばらく、うちであずかることにしました』

一成からそんな電話が来たのは、その日の夜のことだった。

くだんの姉――羽鳥瑠花が花桃屋敷に到着したのは、十五時を過ぎたころだったらしい。都はすでに仕事を終え、別の家に行っていた。だから瑠花と会うことはできなかったのだが、一成が電話で詳細を教えてくれたのだ。

『夏休みに入りましたし、気分転換をするにはちょうどいい』

「あ、そうか。夏休み……」

社会人になると忘れてしまうが、たしかに小学校は長期休暇の最中だ。

『姉はいま、脚本の締め切りが迫っていて大変らしいです。忙しすぎて、家事にもあまり手が回っていないとか。久しぶりに会いましたが、姉本人もひどい有様でしたよ。寝不足の上に、ろくな食事をとっていないような雰囲気で』

「でも、まりなちゃんは健康そうに見えましたけど……」

『娘にはきちんと食べさせているようですよ。本人は不摂生極まりないですが。あんな状態では、まりなの不満に気づく余裕もないでしょう』

一成が小さくため息をついた。

姉がそんな生活を送っているのなら、弟としては心配だろう。

『本人が言うには、忙しいのは一時的で、脚本が上がれば落ちつくとのことです。だからそれまでの間、まりなをこちらであずかろうかと。あのふたりは少し離れて、気持ちを立て直したほうがいいと思いまして』

「そうですね。瑠花さんも、そのほうが仕事に集中できるかも」

『ええ。そこで、都さんにひとつお願いが』

言葉を切った一成が、遠慮がちに続ける。

『申しわけないですが、まりながいる間は、子どもが好きそうな料理をつくっていただけませんか？　十日くらいはいると思いますので』

「お安いご用ですよ。このわたしにドーンとおまかせを！」

明るく言って胸を叩くと、一成がかすかに笑ったような気配がした。

『ありがとうございます。それでは――』

――イッセーくーん！　桃ちゃんに引っかかれたぁ。

一成が言いかけたとき、遠くからまりなの愛らしい声が聞こえてきた。

どうやら桃にかまいすぎて、攻撃されてしまったらしい。『しつこくちょっかいをかけるからですよ』という、一成のあきれ声も耳に届く。なんだかんだ言いつつも、姪っ子のことは可愛く思っているのだろう。

『騒がしくてすみません』

「いえいえ。にぎやかなのも楽しいですよ」

（意外と面倒見がいいよね。一成さんって）

「子ども向けの料理かー」

通話を終えた都は、ベッドの上にごろりと寝転がった。昼食だけではなく、つくり置きのおかずも、まりなの口に合いそうなものを考えなければ。

（わたしとしては、瑠花さんのほうも心配だけど……）

ろくな食事をとっていない。そんな話を聞いたら、料理を仕事にしている者としてはやはり気になってしまう。しかし部外者の自分が首を突っこむわけにはいかないし、いまできるのは、まりなによろこんでもらえるような料理をつくることだ。

「――あ」

（そういえば、台所の棚の奥に……）

ふいに思い立った都は、はずみをつけて起き上がった。

三日後――

「まりなちゃん、こんにちは！」

「んー？」

一成が姪っ子にあてがった部屋は、客間として使われている八畳の和室だった。

冷房が効いた室内で、まりなは畳に寝転がり、ゲームに興じていた。携帯用のゲーム機は、自分の家から持ってきたものだろう。小学生でもスマホを持つ子はいるけれど、まりなはまだ許可が出ていないようだ。

ファスナーが開いたリュックの中には、ちゃっかり源が入りこんでいた。猫は狭いところが好きだと聞くし、その場所が気に入ったのだろう。桃の姿は見あたらないから、まだ警戒されているようだ。

「入ってもいいかな？」

「どうぞー」

「ありがとう。お邪魔します」

まりなが上半身を起こすと、都は室内に足を踏み入れた。ひんやりとした空気が、真夏の暑さで火照《ほて》った体を冷やしてくれる。

「家事代行の……ええと、なんかネコの鳴き声みたいな」

「都です。秋月都。ミヤーコって呼ばれることもあるけど」

「ミヤーコちゃん？　かわいいね。わたしは七月生まれだから、まりなっていうんだよ」

「マリンとかマリーナとかが由来かな？　夏っぽくていい名前だね」

畳の上に膝《ひざ》をついた都は、かかえていた風呂敷包みを座卓に置く。

雅な花柄の風呂敷は、鎌倉に引っ越してきて間もないころ、小町《こまち》通りの和雑貨店で購入したものだ。しかし使う機会が特になく、箪笥《たんす》の肥《こ》やしになっていた。ようやく使うことができたのだが、風情《ふぜい》があってなかなかよい。

（風呂敷は、おとといの一成さんの真似だけどね）

「なーにそれ、また和菓子？」

「それは見てのお楽しみ」

笑顔で言った都は、風呂敷の結び目をほどき、はらりと開いた。

あらわれたのは、お洒落《しゃれ》なデザインのクッキー缶。先月に母から旅行のお土産《みやげ》として配送されてきたのだが、立派な缶だったので、なにかに使えないかと思ってとっておいたのだ。こういうものを後生大事にためこむせいで、部屋がちっとも片づかない。

あのときのきれいな焼き菓子はもうないけれど、その代わりに――

「はい、ご注目ー」

「うわぁ……！」

缶のフタを開けたとたん、まりなの口から歓声があがった。

うさぎ、猫、クマ、そして鳥。さまざまな動物の形をしたクッキーが、缶の中にぎっしりと詰まっている。材料も工程も、とてもシンプル。凝《こ》ったところはなにもない、家庭で気軽につくれるような、素朴《そぼく》なバタークッキーだ。

「これ、まりなちゃんにあげる」

「えっ！　いいの？」

「うん。今月、誕生日なんでしょ？　そのプレゼントってことで」

にこりと笑った都は、クッキー缶をまりなの前に置き直した。

「買ったものじゃなくて、手づくりなんだけど。昨日は仕事が休みだったから」

「このクッキー、ミャーコちゃんがつくったの？」

「そうだよ。わたし、普段はお菓子ってほとんどつくらないんだけどね。仕事でつくるのは、お菓子じゃなくてご飯だから。でも前に一回だけ、クッキーづくりにハマったことがあって。そのときにいろんな型を買ったんだよ」

あれはたしか、就職を機に東京から鎌倉に引っ越した年だったか。

最初に勤めたのは保育園で、調理師として採用された。それに伴い、職場の近くにアパートを借りたのだ。狭い六畳ワンルームから一ＤＫになり、家賃は上がったけれど、ダイニングキッチンがある部屋に住めることが嬉しかった。

広くなった台所に、正社員としての安定した給料。これなら学生時代、ほしくてもあきらめざるを得なかったものが手に入る。よろこびに胸を躍《おど》らせながら、はじめてもらったボーナスで購入したのが、少しお高めのオーブンレンジだった。

それまではお金に余裕がなく、部屋も狭くて最低限の家電しか置けなかった。だから安くて小さい単機能の電子レンジで我慢していたのだ。

念願叶って購入した新しいレンジは、基本のあたため機能はもちろん、高性能のオーブンとしても使える優《すぐ》れもの。備えつけのコンロにはなかったグリル機能もついており、ボーナスをつぎこむに値する大満足の買い物だった。

「それでね。せっかくオーブンが使えるようになったわけだし、なにかお菓子でも焼いてみようかなと思って。ケーキはひとりじゃ食べきれないし、材料費もかかるから、クッキーをつくることにしたんだ。型抜きなら簡単だからね」

顔を上げたまりながが、ぱっと表情を輝かせる。

「わたしもつくったことあるよ！　焼きたてっておいしいよね」

「そうそう。でも、しばらくしてパッタリやめちゃった」

「えー、なんで？」

「材料のバターが値上がりしてね……」

遠い目になった都は、「それに」と続ける。

「クッキーを食べすぎたせいで、二キロも太っちゃって」

「ありゃー」

「だから手づくりお菓子は封印してたんだけど……。久しぶりにつくると、やっぱり楽しいね。焼きたても最高だったよ」

「だよねー。一枚食べてもいい？」

「もちろんですとも。まりなちゃんへのプレゼントだからね」

「ありがとう！　じゃ、いただきまーす」

手を伸ばしたまりなが、いちばん上にあったうさぎ型のクッキーをつまみ上げた。ひと口かじり、「サックサクでおいしい！」と褒めてくれる。

和菓子を好まないのなら、叔父の一成がつくったものであっても、進んで食べようとはしないだろう。それでも滞在中、甘いものはほしいのではないかと思ってクッキーを焼いてみたのだ。よろこんでもらえてよかった。

「なにか飲み物、持ってこようか。緑茶と麦茶、どっちがいい？」

「麦茶かなぁ。緑茶はちょっとニガテ」

「わかった。じゃあ麦茶にするね」

台所に戻った都は、氷を入れたコップに麦茶をそそいだ。夏といえばやはり麦茶だ。

そんなことを考えていたとき、一成が台所の中に入ってきた。右手にスマホを持っているから、だれかと電話をしていたのだろうか。

「都さん。クッキーとチョコレート、いまはどちらが食べたいですか？」

「はい？」

きょとんとする都に、一成は真顔で繰り返す。

「クッキーとチョコレート、いまはどちらが食べたいですか？」

「えーと、そうですねえ……。その二択なら、チョコレートのほうがいいかも」

（クッキーは昨日、試食したし）

面食らいながらも答えると、一成は「わかりました」とだけ言って、さっさと台所から出ていってしまった。残された都は首をかしげたが、たいして重要な話には思えなかったし、まあいいかと切り替える。

「まりなちゃん、お待たせ――」

都が客間に戻ると、まりなは鳥の形のクッキーをつかんだまま、ぼんやりとそれを見つめていた。こちらに視線を向けて、すぐに戻す。

「こういうクッキー、ママとつくったことがあったなあって」

「お母さんと？」

「うん、二年生のときにね。図書室で借りた本に出てきたお菓子が、すっごくおいしそうだったんだ。それで、わたしもお菓子づくりがしたいなって言ったら、ママが一緒にやろうかって誘ってくれたの」

「へえ……」

思い返せば、都にも似たような経験があった。母は料理やお菓子づくりが苦手で、つき合ってくれたのは父だったけれど。

（たしか、四年生のときだっけ。いまのまりなちゃんと同じくらいか）

あのときつくったのは、シュークリーム。洋菓子にもかかわらず、和菓子職人の父は嫌な顔ひとつせずに手伝ってくれた。焼き上がったシュークリームはあまりふくらまずにしぼんでしまったが、母は「おいしい」と言って食べてくれたのだ。

そんな他愛のない思い出も、家族が壊れたいまとなっては――

「……ママ、リコンしてからずーっと、お仕事が忙しいみたい」

ぽつりと漏《も》れたまりなの言葉で、都ははっと我に返った。

「パパが出ていっちゃったから、ママが働いて、お金を稼がなきゃいけないんだよね。それはわかるけど、最近はムリしすぎだよ。ご飯はつくってくれるけど、わたし、いつもひとりで食べてるんだよ。話もぜんぜんできなくて……」

「まりなちゃん……」

「もしかして、ママはわたしがいないほうがラクなのかもって」

――それが家出の原因か……。

都はしょんぼりと肩を落とすまりなを、痛ましい思いで見つめた。

彼女は母親のことが嫌いになって、家を出たわけではない。むしろその逆で、母親の健康を心配し、かまってもらえずさびしくても、素直な気持ちを伝えられずにいる。そんな思いが積み重なってストレスになり、爆発してしまったのだろう。

（しっかりしてるように見えても、まだ四年生だもんね）

都の両親も離婚しているが、あれは中学に上がる少し前だった。当時の自分はまりなよりも年上だったが、父との別れや母とのふたり暮らしに慣れるまでには、それなりに時間がかかった。まりなはまだ、その戸惑いの最中にいるのだ。

「まりなちゃん」

似たような出来事を経験したことのある者として、彼女に自分が言えることはなんだろう。都は考えた末に口を開く。

「あのね。言いたいことは、口に出さないと伝わらないよ」

「え……」

膝をついた都は、まりなと目を合わせた。言葉を選びながら続ける。

「さびしいときはさびしいって、お母さんに言ってもいいんだよ。一緒にご飯を食べて話がしたいって、ほんとの気持ちを伝えるの。まりなちゃんが言いたいことを我慢して、笑顔がなくなっちゃうほうが、お母さんはつらいと思うな」

「で、でも。そんなことして、ママに嫌われちゃったら……」

なおも不安そうなまりなに、都は「大丈夫！」と笑いかけた。

「お母さんは忙しいはずなのに、まりなちゃんが家出したって知ったら、わざわざここまで駆けつけてくれたんだよ。ジャマだとかいないほうがラクだなんて思ってたら、そんなことしないんじゃないかな？」

「……………」

「それに仕事が終わったら迎えに行くって、一成さんと約束したみたいだし」

その日が来るまで、まりなに栄養たっぷりのおいしい食事をつくる。それが家事代行人である都が、彼女のためにできることだ。

「おっといけない。そろそろ台所に戻らなきゃ」

立ち上がった都が、部屋を出ようとしたとき――

「ミャーコちゃん、待って！　ちょっとお願いしたいことが……！」


瑠花の仕事がすべて終了したのは、それから一週間後のことだった。

（なにはともあれ、無事に終わってよかったな）

社用のスクーターが出払っていたため、都は歩いて花桃屋敷に向かっていた。まだ午前中だというのに日差しはまぶしく、気温もすでに三十度を超えている。

半袖《そで》のカットソーから伸びる両腕に、容赦《ようしゃ》のない太陽の光が降りそそぐ。日焼け止めは塗っているものの、ドラッグストアで買った安物だから、いまひとつ心もとない。日傘かカーディガンを持ってくればよかった。

「うう……。はやく行かないと氷が溶ける」

エコバッグの中には、氷で冷やした生鮮食品が入っているのだ。バッグを肩にかけ直した都は、急いで目的地へと歩を進めた。

「ん？」

屋敷まであと少しというところで、都は思わず足を止めた。

数寄屋門《すきやもん》の前に、ひとりの女性が立っている。いや、中の様子をうかがうように、門のあたりをうろうろしていると言ったほうが正しい。無地のTシャツに七分丈のパンツ、ローヒールのサンダルというラフな姿で、キャップを目深《まぶか》にかぶっている。

そろりと近づいていった都は、謎の女性に声をかけた。

「あのー……」

「！」

びくりとふるえた女性が、勢いよくふり向いた。

サングラスをかけているせいで、顔立ちがよくわからない。身長は平均値の都とたいして変わらなかったが、相手のほうが細身で、手足もすらりとしている。年齢は定かではないけれど、おそらく三十代の半ばくらいだろう。

「こちらのお宅にご用でしょうか？」

「そういうあなたは……」

「ここで働いている者です。ご用がおありでしたらお取り次ぎしますが……」

サングラス越しに都を見つめていた女性は、ややあってふたたび口を開いた。

「もしかして、家事代行の人？　恭史郎が契約したっていう」

言い当てられておどろいていると、女性がサングラスをとった。

あらわになったその顔は、目鼻立ちがはっきりしていて華がある。しかし寝不足が続いているのか、目の下にはメイクでもカバーできないほどの青クマが浮き出ていた。そのクマを隠すために、サングラスをかけているようだ。

「秋月さんっていったかしら。あなたのことは一成から聞いています」

「え……」

「うちのまりなにも、いろいろと食事をつくってくださったそうで」

都は大きく目を見開いた。間違いない。この女性は――

「私は羽鳥瑠花と申します。少しはやいですけど、娘を迎えにまいりました」

一成の姉であり、まりなの母でもある彼女は、そう言って深々と頭を下げた。

「瑠花姉さん。あなた、迎えに来るのは明日だと言ったじゃないですか」

「たしかにそう言ったわよ。でも、一日もはやくまりなに会いたかったんだもの」

瑠花が花桃屋敷をたずねてきてから、数分後。

居間の隅で都が見守る中、羽鳥姉弟《きょうだい》は座卓を挟んで向かい合っていた。

以前に一成が言っていた通り、顔の系統はまったく異なる。それぞれが父と母に似ているらしく、一成は父親譲りらしい。瑠花とまりなはよく似ているので、ひと目で親子だとわかるのだけれど。

「何日もまりなの面倒を見てくれてありがとう。で、あの子はどこ?」

「あいにくいまは、恭史郎さんと外出中です」

「え、うそ。すれ違い?」

娘が不在とわかるや否や、瑠花が残念そうに眉を下げる。

「瑠花姉さんが今日来るなんて、知りませんでしたからね。本が読みたいと言って、図書館に行きました。お昼ごろには帰ってきますよ」

「わかったわ。帰ってくるまでここで待っててもいい？」

「ええ。少し眠ったらどうですか？　クマができていますから」

「うっ……。やっぱり目立つわよねえ。鏡を見てびっくりしたわよ」

「僕は仕事に戻りますが、客間に布団を敷いておきましょう。昼食は瑠花姉さんのぶんも用意してもらうので、しばらく休んでいてください。疲れをとるには睡眠のほかに、おいしくて栄養のある食事も不可欠です」

居間を出た一成に続き、都もその場をあとにしようとしたときだった。

「あ、ちょっと待って。秋月さんに渡したいものがあるの」

「わたしにですか？」

「まりながお世話になったお礼です」

瑠花から受けとったのは、ギフト用に包装されたチョコレートの詰め合わせだった。保冷剤で冷やしていたのか、箱の表面がひんやりしている。自分のために買うには高すぎるし、もらう機会もめったにない。そんな贅沢《ぜいたく》品をいただけるとは！

「ありがとうございます……！」

感激に打ちふるえる都に、瑠花は優しく微笑みかける。

「クッキーとチョコレート、どっちにしようか迷ったのよ。それで一成に電話して訊いたら、チョコがいいって」

（あっ、そうか。このまえの二択！）

一成はあのとき、瑠花と電話をしていたのだ。謎が解けてすっきりする。

「そうそう、クッキーといえば。おととい、恭史郎がうちに届けに来たわよ。秋月さんに教わりながら、まりなが焼いたって聞いたけど」

「ええ。わたしは横にいましたけど、ほとんど手は出してないですよ」

仕事に追われる母親に、手づくりのお菓子を食べてもらいたい。

そんな思いを胸に抱いて、まりなは都に協力を求めてきた。

甘いものなら母もよろこび、疲れが癒《いや》されるのではないかと考えたのだろう。快諾した都は公休日を利用して、まりなと一緒にクッキーを焼いた。そしてきれいにラッピングをしてから、恭史郎に頼んで瑠花のもとに届けてもらったのだ。

「なんだかんだ言っても、まりなちゃんはお母さんのことが大好きなんだと思います。だから仕事が忙しすぎると心配になるし、おいしいお菓子を差し入れして、少しでも元気になってもらいたいんじゃないでしょうか」

「一緒にクッキーをつくったとき、まりなちゃん、わたしにいろんな話を聞かせてくれたんです。いま夢中になってる本のことや、学校で起きたことを。可愛がってるハムスターのこととか、最近お気に入りの動画についてなんかも」

「まりながそんな話を……？」

「もちろん、お母さんの話もしていましたよ。まりなちゃんはおしゃべりが大好きなんですね。楽しく聞かせてもらいました」

「そうなのよ。まりなは人見知りもしないし、よく話す子で――」

言いかけた瑠花が、はっとしたように目を見開く。

「それなのに私、最近はぜんぜんあの子の話を聞いてない」

「……」

「あの子のほうも、必要な話以外はほとんどしていなかったような……」

それはきっと、瑠花に気を遣って遠慮していたのだろう。

子どもは大人が考えている以上に、親のことをよく見ている。母親に対する愛情が大きいほど、余計なことを言って嫌われたくないという思いも強いだろう。大好きな母に疎《うと》ましがられるほど、おそろしいことはないのだから。

「元気に……」

瑠花もそのことに気がついたのか、大きなため息を漏らす。

「小学生の子に気を遣わせちゃうなんて、つくづく自分が嫌になるわ」

額を押さえた彼女は、思いを吐き出すように続けた。

「まりなを何不自由なく育てるためには、お金が必要でしょう？」

「はい」

「別れた夫から、養育費はもらっているのよ。でも、そればかりに頼るわけにはいかないでしょ。親権をとった以上、責任は私のほうにあるわけだし。だから稼ぐために仕事を詰めこんだんだけど、今回はさすがに無理をしすぎたわ。ほとんど書斎にこもってたし、ご飯も別々に食べる日のほうが多くて……」

「それは……さびしいですね」

「まりなは文句ひとつ言わなかったけど、きっと我慢してただけだったのね。それで不満がたまって家出しちゃったんだわ」

座卓に肘《ひじ》をついた瑠花が、頭をかかえて悶絶《もんぜつ》する。

「あー、もう。なんでもっとはやく、あの子と向き合わなかったの」

「瑠花さん、大丈夫ですよ。いまからでも遅くないと思います」

「え……」

「まりなちゃんはいまでも、お母さんのことが大好きなんです。だから……」

都の頭の中に、まりなと交わした会話の数々がよみがえる。彼女は母親を嫌っているわけではない。いつだって、まりなの望みはただひとつ。

「まりなちゃんの目を見て、しっかり話を聞いてあげてください」

ゆっくりと顔を上げた瑠花に、都はにこりと笑いかけた。

「そこにおいしいものがあったら、最高ですね」

「ごちそうさまでしたー！」

いち早く食事を終えたまりなが、満足そうな表情で両手を合わせた。

「ミャーコちゃん、今日のご飯もおいしかったよ！」

「ありがとう、まりなちゃん」

「わたし、ミートソースって大好き」

まりなが声をはずませると、向かいに座っている瑠花もうなずく。

「ほんとにこれ、おいしいわね。このソース、もしかして手づくり？」

「はい。今日はひき肉が安かったんですよ。たくさんつくって冷凍しておけば、パスタ以外の料理にも使えるので」

本日の昼食は、まりなにリクエストされたスパゲッティ・ミートソース。

親子水入らずの時間を邪魔しないよう、一成と恭史郎は別の部屋で食事をしている。

それなのになぜ、身内でもない都がここにいるのかというと、ほかでもないまりなにお誘いを受けたからだ。キラキラした目で「ミャーコちゃんも一緒に食べようよ」と言われたら、断れるはずがない。

「こんなにおいしいご飯を食べられるなんて、一成たちがうらやましいわ」

家事代行に興味を持ったのか、手を止めた瑠花が都を見る。

「うちも秋月さんと契約して、ご飯をつくってもらおうかしら」

「さんせーい！　ミャーコちゃんが来てくれたら、ママも助かるよね。お仕事にも集中できるし」

「そうね。でも、今回みたいな無茶はもうしないわよ」

「うん。これからは、ホドホドにね。でもわたし、お仕事がんばるママも好きだよ」

無邪気に笑ったまりなが、両手のこぶしを握りしめる。

「だからね。お掃除とか、お洗濯とか。わたしもできるだけお手伝いする！」

「あらほんと？　それはとっても助かるわ」

瑠花もまりなも、久しぶりに向き合うことができて嬉しいのだろう。どちらも晴れ晴れとした表情で、声も明るい。スパゲッティを食べている間、まりなは堰《せき》を切ったように話し続けていたし、瑠花も相槌《あいづち》を打ちながら楽しそうに聞いていた。

こうしてふたたび心を通わせることができたのだ。きっとよい方向に進むだろう。

よかったと胸をなで下ろしたとき、障子がすっと開いた。一成が姿を見せる。

「食事中にすみません。締めのデザートが入りそうならつくりますよ」

「デザート!?　食べる食べる！」

「甘いものは別腹よねえ」

うなずいた瑠花が、「都ちゃんも食べるでしょ?」と訊いてくる。

「あ、いえ。お昼だけでもありがたいのに、デザートまでごちそうになるなんて……」

「かまいませんよ。では、三人ぶん用意しますね」

（ええっ。いいの!?　嬉しすぎる！）

一成がつくるデザート。その甘美な響きに、否応《いやおう》なしに期待がふくらむ。

食事を終えて少したったころ、一成が戻ってきた。

「お待たせしました。本日のデザートです」

「うわあ、パフェだー！」

大きなお盆の上にのっていたものを見るなり、まりなが歓声をあげる。

スタンダードな縦長のグラスに盛りつけられていたのは、きれいな緑が印象的な和風パフェ。一成がつくるのだから、和菓子だろうと思っていたので意外だった。とはいえ、全体的に和の趣《おもむき》を醸《かも》し出しているのは彼らしい。

「このパフェグラス、どうしたんですか？　しかも三つも」

「甘味処《どころ》をやっていたときに使っていたものです。パフェがお品書きにあったので」

「あ、なるほど。その甘味処って、再開する予定とかは……？」

「店をまかせられそうな人が見つかったら、前向きに考えようかと」

　畳に膝をついた一成が、パフェグラスを座卓の上にそっと置いた。

「グラスの底に入っているのは、水羊羹です。この部分は抹茶ムースで、白いものは生クリーム。ここは抹茶カステラですね。上にのせているのはバニラアイスと、しぼり出した抹茶クリームです。白玉を飾って、仕上げにこれを」

　一成はミルクピッチャーのような容器を手にすると、そそぎ口をパフェの上にかたむけた。とろりと流れ出たのは、黒い液体――おそらくは黒蜜だろう。バニラアイスや抹茶クリームの上にかかると、光を反射してきらりと光る。

「本当は最中《もなか》も飾りたかったのですが、あいにく切らしていまして」

三人ぶんのパフェに黒蜜をかけ終えた一成が、残念そうに言う。

「アイスクリームにウエハースが添えられるのは、交互に食べることで、冷たさで麻痺《まひ》した舌の感覚を戻すためです。飾りとしても見栄えがしますし、和風パフェならウエハースよりも最中だろうと思ったのですが……」

「あっ！　そういうことなら、いいものがあるよ！」

なにか思いついたのか、立ち上がったまりなが居間を飛び出していく。

ややあって戻ってきた彼女は、見覚えのある缶を持っていた。都が手づくりクッキーをプレゼントしたときに使ったものだ。

「ママにあげるためにつくったクッキーが、あと少し残ってたはず……」

缶のフタを開けたまりなは、中から鳥の形のクッキーを選んでつまみ上げた。黒蜜抹茶パフェの上に添えて、にっこり笑う。

「イッセーくん、どう？　かわいいでしょ」

「……これはまた、思いもよらないことを。その発想はありませんでしたよ」

「あら素敵。『ことりや』って感じでいいじゃない」

一成と瑠花に感心されて、まりなは得意げに胸をはる。

「あとはもうひとつ、飾りがほしいかも。いちごとかチェリーとか、なんか赤いの」

「差し色ですか。いちごもチェリーも、いまは置いていないですね……」

（赤いもの……？　そういえば）

　ふと思い出した都は、自分のトートバッグを引き寄せた。中からとり出したのは、さきほど瑠花にもらったチョコレートの箱。彼女の前で包装をはがし、ひと粒食べていたのだが、ほかにも赤いハート形のチョコがあったはず。

「まりなちゃん、これはどうかな？」

「あ、かわいい！　でもそれ、ミャーコちゃんのチョコでしょ？」

「いいよ。まりなちゃんにあげるから、飾ってみて」

　丁寧にテンパリングされた、宝石のようなチョコレート。艶《つや》めくそれをパフェにのせると、あざやかな花が咲いたかのように、色合いが引きしまった。それまでの渋めで落ちついた雰囲気もよかったけれど、これはこれで華やかだし、よい感じだ。

「和菓子が苦手でも、パフェにすればおいしく食べられると思いますよ」

「うん！　イッセーくん、ありがとう！」

「瑠花姉さんたちもどうぞ。アイスが溶け出さないうちに」

　一成にうながされ、都はパフェ用の長いスプーンを手にとった。

「それでは、お言葉に甘えていただきます」

都は胸をときめかせながら、スプーンですくったバニラアイスを口に入れた。

黒蜜の濃厚な甘さと混ざり合ったアイスが、口の中でやわらかく溶けて喉に落ちる。そのひんやりとした感覚が心地よく、体をすうっと冷やしてくれた。

まろやかな味わいの抹茶クリームは、以前に食べたどら焼きに挟まっていたものと同じだろうか。カステラやムースにも抹茶が使われているが、生クリームと合わせると、苦みや渋みがマイルドになる。これならまりなのように、抹茶が苦手な子どもでも、気にせず食べられそうだ。

「んー、甘くておいしい！　これならあんこもペロッといけちゃう」

視線を移すと、まりながグラスの底にある水羊羹まで到達していた。苦手だと言って見向きもしなかったのに、生クリームに絡めればいけるらしい。

幸せそうにパフェを頬張る彼女を、一成と瑠花があたたかく見守っている。

顔立ちはまったく似ていないけれど、そのまなざしにこめられた思いは同じ。

父親とは離ればなれになってしまったが、瑠花と一成がそばにいれば、まりなは大きな愛に包まれて育つことができるだろう。

微笑んだ都は、パフェの最後のひと口を飲みこんだ。

月の章

【クリームあんみつ】

Kitakamakura KOTORIYA

酷暑《こくしょ》の夏を乗り切って、残暑厳しい九月も過ぎると、ようやく秋がやって来た。

ひんやりとした夜風に溶けこんでいるのは、ほんのりと甘い花の香り。

鈴虫や松虫、コオロギやキリギリス。虫たちの音楽的な鳴き声に耳をかたむけることができるのも、この季節ならではの楽しみだ。

八百年以上も前、源頼朝《みなもとのよりとも》が幕府を開き、武家の都として栄えた古都、鎌倉《かまくら》。

花桃《はなもも》屋敷が建つ北鎌倉は、源氏《げんじ》ゆかりの鶴岡八幡宮《つるがおかはちまんぐう》から、県道二十一号横浜《よこはま》鎌倉線を北西に進んだ場所に位置している。観光の中心地としてにぎわう鎌倉駅周辺とも、人気の江《え》ノ電《でん》が走る海岸沿いとも趣《おもむき》の異なる、自然が豊かな山あいのエリアだ。木々の葉はまだ緑だけれど、もう少したてば、みごとに色づく紅葉を愛《め》でることができるだろう。

そんな北鎌倉の一角、花桃屋敷の縁側で、秋月都《あきづきみやこ》は大きく深呼吸をした。

「これ、金木犀《きんもくせい》ですよね？　いい香り……」

「毎年この香りを嗅《か》ぐと、十月になったんだなって実感するよ」

お猪口《ちょこ》を手にした各務恭史郎《かがみきょうしろう》が、都の隣でやわらかく微笑《ほほえ》む。

かたわらに置いてあるのは、お盆にのった陶器の徳利《とつくり》。中に入っているのは、「ひやおろし」と呼ばれている日本酒だそうだ。冬から春の間につくった新酒を火入れして、ひと夏かけて熟成させたお酒のことで、秋の風物詩なのだという。

――観月《かんげつ》の宴《うたげ》をやるから、都ちゃんもヒマだったら遊びにおいで。

恭史郎からそんな誘いを受けたのは、何日か前のこと。

仕事は休みだし、特に用事もなかったので、ありがたくお邪魔することにした。観月の宴という雅《みやび》な響きに、心をぐっとつかまれたからでもある。

とはいえ、その実態は普通の飲み会とたいして変わらなかった。居間の座卓には、空《から》になったビールの缶やビアグラス、おつまみの袋などが散乱している。少し前に縁側に移動してからは、ようやくそれらしくなってきた感じだ。

「風はちょっと冷たいけど、体が火照《ほて》っているから気持ちいいな」

ふわりと吹いてきた夜風が、目を細めた恭史郎の前髪をそっと揺らす。

ほろ酔いになっているからでもあるのだろうか。秋らしい樺茶色《かばちゃいろ》の着物を着流し、前髪も下ろしたままの恭史郎は、どことなくアンニュイな雰囲気だ。

家事代行会社に所属する都が、花桃屋敷で働きはじめてから早五か月。都が目にする恭史郎はいつもスーツを着ていたので、和服姿は新鮮だ。きっちりとした三つ揃《ぞろ》いのスーツも素敵だけれど、着物もよく似合っている。

「源《げん》も過ごしやすくていいだろ。今年の夏も暑かったしな」

「ブニャー」

恭史郎の膝《ひざ》の上で、花桃屋敷で飼われている猫が声をあげる。

オスの三毛猫は非常に希少で、その確率は三万分の一とも言われている。それゆえとても縁起がよく、幸運を呼ぶとされているそうだ。仔猫《こねこ》のころは体が弱かったようだが、二歳になった源は健康そのもの。少々ぽっちゃり気味なのは、この屋敷の持ち主で、源の飼い主でもある羽鳥一成《はとりいっせい》が、無事に育つか心配して甘やかした名残らしい。

「今夜は月もきれいに見えるし、絶好の晩酌日和《ばんしゃくびより》だ」

機嫌よく声をはずませた恭史郎が、お猪口を月に向けたとき――

「調子のいいこと言って。あなたは三百六十五日、いつでも晩酌日和じゃない」

恭史郎の左隣から、あきれたような女性の声が聞こえてくる。

Vネックのニットにパンツスタイルの彼女は、羽鳥瑠花《るか》。彼女は和菓子職人として働く一成の姉で、由比ガ浜《ゆいがはま》の近くに住んでいる。都も似たような服装なのだけれど、明らかに瑠花のほうが似合っているのは、ひとえに顔とスタイルの差か。

(身長はそんなに変わらないのに……うらやましい！)

シングルマザーの瑠花には小学生の娘がいるのだが、今日は友だちの家にお泊まりするため、こちらに羽を伸ばしに来たらしい。脚本家として活動しており、夏は多忙で疲れ果てていたけれど、最近は元気に過ごせているようだ。

遠縁で幼なじみという間柄のせいか、瑠花は恭史郎に対して遠慮がない。ひとつとはいえ恭史郎のほうが年下なので、完全に弟扱いだ。

「いやいや、瑠花ちゃん。月を肴《さかな》に飲む酒は格別だよ？」

しかし当の恭史郎は、気を悪くした様子もなく笑っている。

「見てごらん。澄んだ夜空に、くっきりと浮かび上がるあの満月を！　秋は月がいちばんきれいに見える季節だと言われている。はるか昔の平安貴族も、杯《さかずき》にそそいだ酒に月を映して楽しんでいたそうだからね」

「要するに、月にかこつけてお酒が飲みたいだけでしょ」

「はは、一成くんも前、同じようなこと言ってたよ。やっぱり姉弟《きょうだい》なんだなぁ。顔はぜんぜん似てないけど」

「そりゃそうよ。私は母親似で、一成は父親似だもの」

肩をすくめた瑠花が、手にしていたお猪口のお酒を一気に飲み干す。

「兄さんと一成はそっくりだけど」

「ああ、たしかに。顔だけならね……」

――『兄さん』？

そのひとことが引っかかり、都は眼鏡を押し上げた。

「瑠花さん。あの、兄さんというのは……？」

「え？　恭史郎、都ちゃんには言ってなかったの？」

「そういえば、まだ話してなかったな。わざわざ伝えることでもないだろ」

　瑠花の視線を受けて、恭史郎がさらりと答える。もしかして、無遠慮に踏みこんではいけない話題だったのだろうか？　余計な口を挟んでしまったとうろたえていると、都の心情を察したのか、瑠花がこちらに身を乗り出した。

「いいのよ。別に隠してるわけでもないから」

「ですけど……」

「気にしない気にしない。ちょうどいい機会だし、話しておくわね。うちは三人きょうだいで、いちばん上に兄がいるのよ。実家は東京で和菓子屋をやってるんだけど、父が亡くなったあと、兄がお店を引き継いだの」

（あれ？　その話、どこかで聞いたような）

　記憶をたぐっているうちに、思い出した。花園《はなぞの》社長の友人で、恭史郎に家事代行サービスを紹介してくれた家政婦、鈴木琴子《すずきことこ》が言っていたのだ。父親が故人であるというのは初耳だが、それ以外は琴子から聞いた話の通りだった。

「一成は花桃屋敷に移り住んで、『ことりや』をはじめたんだけど……」

表情を曇《くも》らせた瑠花が、お猪口を縁側の上に置く。

「兄と一成は、昔から折り合いが悪くてね。いまは絶縁に近い状態なのよ」

「絶縁……!?」

「だから一成の前で、兄の話をしちゃだめよ。気をつけてね」

都は「はい」とうなずいた。なにがあってそうなったのかは気になるが、自分はそこまでたずねてもよい立場ではないのだ。食事に相伴《しょうばん》させてもらったり、宴に招いてもらったりしているけれど、一成はあくまで雇い主。それを忘れてはならない。

「前にうっかり口に出したら、あからさまに不機嫌になったのよねー」

「ああ見えて、一成くんも頑固だからなあ」

瑠花と恭史郎が、口々にそんなことを言っていると――

「だれが頑固ですって?」

「おや、噂《うわさ》をすればなんとやら」

はっとして視線を向けると、一成が廊下に立っていた。

身にまとう着物は松葉《まつば》色。仕事着以外は緑系の着物が多いから、好きな色なのかもしれない。独鈷《とっこ》と華皿《はなざら》（という名の仏具らしい）をモチーフにした献上柄《けんじょうがら》の帯を締め、大きめのお盆を手にしている。

一成の足下に寄り添っているのは、ととのった顔立ちのきれいな三毛猫。しなやかな身のこなしも美しい桃《もも》は、同じ母猫から生まれた源の姉だ。人なつこい弟とは異なり、警戒心が強いのだが、一成には気を許している。

(いまの話、聞こえちゃった!?)

ひやりとしたが、一成が機嫌を損ねた様子はない。

ほっとする都の隣で、笑顔の恭史郎が機転を利かせる。

「一成くんは職人気質《かたぎ》だなって話してたんだよ」

「まあたしかに、こだわりは強いほうかもしれませんね」

ゆったりとした足どりで近づいてきた一成が、縁側で膝をついた。静かに置いたお盆にのっているのは、三人ぶんの湯呑《ゆの》みと急須《きゅうす》、そして練り切りを盛りつけた銘々皿《めいめいざら》だ。急須を持ち上げた一成は、優雅な手つきで湯呑みに緑茶をそそいでいく。

「もうじゅうぶん飲んだでしょう。そろそろ締めにしませんか?」

「そうねえ。夜も更けてきたことだし」

瑠花が腕時計に目を落とす。都もスマホを確認すると、もうすぐ二十二時になるところだった。時間がたつのはあっという間だ。

「一成くんは結局、一滴も飲まなかったな」

「僕は下戸《げこ》だと言ったはずです」

湯呑みをのせた茶托《ちゃたく》を恭史郎に手渡しながら、一成が答える。

彼曰《いわ》く、グラスに半分程度なら飲めるが、アルコールには弱いらしい。そのためか、今夜はお酒には手をつけず、烏龍茶《ウーロン》しか飲んでいなかった。

「それに酒なんて飲んだら、車が運転できなくなる」

「運転？」

首をかしげる都に、一成はあたりまえのように言う。

「あなたと瑠花姉さんは、僕が家まで送ります」

「ええっ！　そ、そこまでしていただかなくても大丈夫ですよ？」

「いえ、もう時間も遅いですから。酔った女性をひとりで帰すわけにはいきません」

どうやら一成は、最初からそのつもりだったようだ。都にとってはたいして遅い時間でもないのだが、ここから駅までは少し遠いし、夜道も暗い。一成が車で送ってくれるのなら、とてもありがたいのだが……。

「というか。一成さん、免許は!?」

「あるに決まっているでしょう。なんですかその呆《ほう》けた顔は」

「いやその、すみません。ちょっと意外で」

お酒のせいで気がゆるみ、つい本音が漏《も》れてしまった。

スマホを持っているのだから、免許があってもなんらおかしくはないのだけれど。

「いやー……。その、なんていうか、一成さんが車を運転してる姿がぜんぜんイメージできなくて。それどころか、このお屋敷の外に出ているところすらも……」

「世捨て人じゃないんですから、たまには出かけることもありますよ」

「えっ、想像できない！　服装はやっぱり着物ですか？　それとも洋服？」

「着物が多いですが、洋服のときもあります」

「洋服ですか!?　それはぜひともお目にかかりたい！」

ギラリと目を光らせた都は、鼻息荒く一成のほうに身を乗り出した。当の一成は「そんなに興奮することでもないでしょうに」とあきれ顔だ。

「だいぶ酔っているようですね。これを飲んで落ちついてください」

手渡されたのはお茶が入った湯呑みと、黒文字《くろもじ》と呼ばれる菓子楊枝《ようじ》を添えた銘々皿。

漆《うるし》塗りの黒い銘々皿の上には、なにかの花をかたどった、薄紅色の練り切りがのっている。黄色い中心部のまわりは濃い紅色で、そのグラデーションが美しい。ピンク色の花びらの縁はギザギザに形づくられており、すみずみまで丁寧な細工だ。

「一成さん、この花は？」

「秋桜《コスモス》ですよ。茶席用に依頼されたのですが、余分につくっておいたので」

「ああ、コスモス！　ちょうどいま咲いてますよね」

「春に咲く種類もありますが、秋のほうが知られていますね。和菓子は季節感を大事にしていることを、都さんもよくご存じでしょう。旬の食材を使うのはもちろん、四季の風景を写しとった造形で、自然の美しさを表現しています」

「たしかにすごくきれいですねえ……」

都はあらためて、銘々皿の上で咲くコスモスを鑑賞した。

練り切りは、白あんに求肥《ぎゅうひ》を加えて練り上げた上生菓子だ。蒸して裏ごしした山芋やつくね芋をつなぎに使うと、粘り気が出て成形がしやすくなるらしい。

やわらかい練り切り餡《あん》はこまかい細工に適しており、色合いにも自在に変化をつけられる。細工ベラや三角棒など、さまざまな道具を駆使して仕上げられた練り切りは、小さな菓子の中に、四季折々の美を宿した芸術品だ。

その形は優美で繊細。そして見る者の目を楽しませてくれる、優しい彩《いろど》り。一成のみごとな職人技をぞんぶんに堪能してから、都は黒文字を手にとった。切り分けた花びらを口に入れると、上質な甘さの白あんが、舌の上でなめらかに溶けていく。湯呑みに入っていたのは濃い目の煎《せん》茶で、その苦みが練り切りの甘さを引き立ててくれた。

(おいしい……)

アルコールでぼんやりしていた頭が、煎茶のほどよい苦みで覚醒《かくせい》する。

洋菓子のような派手さはなくても、趣がある和菓子はしみじみと美しい。夜空に浮かぶ満月や虫の声、心地のよい夜風も、雅な雰囲気を演出している。主張しすぎない控えめな甘さにも品があり、つくり手のセンスを感じさせた。

「やっぱり一成の和菓子は格別ねー」

煎茶をすすった瑠花が、感嘆のため息をつく。

「練り切りもいいけど、このまえのパフェも最高だったわ」

「わかります！　あれもほんとにおいしかったですよね」

都の脳裏に、夏の盛りに食べた黒蜜抹茶《くろみつまっちゃ》パフェがよみがえる。

あのときのパフェは、一成が菓子工房にあった材料を使い、特別につくったものだという。専用のグラスに見栄えよく盛りつけられていて、見た目も味も、急ごしらえとは思えないほど本格的な仕上がりだった。

瑠花がなつかしそうに目を細める。

「和風パフェは、『ことりや茶房《さぼう》』の看板メニューだったのよ」

「ことりや茶房？」

「前にここでやってた甘味処《どころ》のこと」

「ああ！　恭史郎さんから聞きました。そっちは『茶房』って呼んでるんですね」

いまは休業しているのだが、「ことりや」は以前、菓子工房がある離れの建物で甘味処を営んでいたらしい。「ことりや」の和菓子は、受注生産の箱売りのみ。そんな和菓子を甘味処では単品で注文し、お茶と一緒に楽しむことができたそうだ。

しかし都が一成たちと出会う少し前、店をまかせていた人が辞めてしまった。それ以降は継続するのがむずかしくなり、現在に至っている。

「土日しかやってないゆるーいお店だったけど、けっこう人気があってね。日本茶と和菓子のセットが定番で、数量限定のパフェとあんみつは早いもの勝ち。隠れ家的なお店って感じで、観光ガイドに掲載されたこともあったわよ」

「へえ……。瑠花さんもよくいらしてたんですか？」

「甘味処が閉まるまでは、定期的に来ていたわね。和風パフェが好きだったし、一成の様子見も兼ねてたから。ちゃんと食べているのか気になって」

「瑠花姉さん……。子どもじゃないんですから、ひとりで生活くらいできますよ」

一成が肩をすくめる。都の目には立派な大人に見えるけれど、瑠花の中ではいまでも可《か》愛《わい》い弟のままなのだろう。

「甘味処もそうだったけど、ここはいつ来てもいいわよねー。俗世から離れた感じで、不思議と心が落ちつくのよ。おばあちゃんの気配を感じるからかも」

「はは。瑠花ちゃん、おばあちゃんになついてたからなぁ」

恭史郎の言葉に、瑠花が「そうなのよ」とうなずく。以前に花桃屋敷に住んでいたというその人は、孫たちに慕われていたようだ。

「なかなかいいお店だったのに、休業しちゃったのは残念だわ」

「前にも言いましたが、店をまかせられそうな人が見つかったら、再開も考えますよ」

空になった銘々皿をお盆に戻しながら、一成が淡々《たんたん》とした声音《こわね》で答える。

彼と恭史郎はそれぞれの仕事で忙しいため、甘味処までは手が回らないのだ。とはいえ完全な閉店ではなく休業にとどめているのだから、もう一度やりたいという気持ちはあるのだろう。しかしそこまで急を要しているわけでもない、といったところか。

視線を移した都は、月光を浴びる庭の草花に目を向けた。

四季折々の風景が美しい、北鎌倉の桃源郷《とうげんきょう》。

日々の喧騒《けんそう》から離れて過ごす、静かで贅沢《ぜいたく》なひととき――

そこにおいしいお茶とお菓子があれば、もうなにも言うことはない。想像するだけでも気持ちがほぐれて、ゆったりとした気分になる。人気もあったというのに、いまはやっていないことが残念でならない。

（もったいないなぁ……）

　そんなことを思いながら、都は残っていた煎茶を飲み干した。


　数日後――

「それじゃ、今日はこれで失礼します」

「お疲れ様でした。気をつけて帰ってください」

　一成に会釈をしてから、都は玄関の引き戸を開けて外に出た。今日は社用のスクーターに乗ってきたので、裏の駐車場に向かう。

（うう。もうちょっとあったかい服にすればよかった）

　分厚いコートはまだ必要ないが、最近は昼間でも肌寒い日が増えてきた。

　菓子工房がある裏庭は、紫陽花《あじさい》を筆頭にさまざまな草木が植えられている。

　いまの時季は小紫《こむらさき》の木がたわわな実をつけており、見る者の目を引いていた。小式部《こしきぶ》とも呼ばれるその低木は、垂れ下がった枝に紫色の小さな実をつける。紫式部《むらさきしきぶ》にちなんでつけられたという名にふさわしい、雅な印象の樹木だ。

(なーんて。ぜんぶ一成さんの受け売りだけどね)

華道をたしなむ彼は、草木や花についての知識も豊富だ。

都はそれほど詳しくなかったのだが、一成がいろいろと教えてくれるので興味を持つようになった。この庭を見ていると、普段は気にも留めない自然の美に、はっとすることが多い。時間もゆっくり流れているような感覚になる。

もう少したてば、中庭に植えられた椿《つばき》も花を咲かせるだろう。

その色あざやかな花を愛でながら、またあの縁側で宴に参加できれば嬉《うれ》しい。

(今夜は冷えそうだし、豚汁《とんじる》でもつくろうかな。サツマイモを入れて秋らしく……)

まだ十四時を過ぎたばかりなのに、夕飯の献立《こんだて》を考えてしまう。

退勤したらスーパーに寄って帰ろうと思いながら、都は駐車場に停めているスクーターに近づいた。ヘルメットをかぶると頭頂部のお団子がつぶれてしまうが、致し方ない。エンジンをかけるのは敷地の外に出てからなので、車体を押して歩きはじめる。

開いていた自動車用の門を通り抜け、スクーターのシートにまたがったときだった。

「──あの！」

「え？」

背後から聞こえてきた声におどろいて、都はびくりと肩をふるわせた。

ふり向くと、スマホを手にしたやや小柄な青年が、こちらに駆け寄ってくる。

「よかった。人がいた……！」

ベージュのパーカーにジーンズ、黒いボディバッグを身につけた青年は、十代の終わりかせいぜい二十歳《はたち》くらいだろう。ぱっちりとした目は明るい茶色で、やわらかそうな髪は栗《くり》色。染めているのかと思ったが、眉毛と同じ色だから地毛のようだ。

（うわ、美形！　イケメンだ！）

目の前に立たれると、青年の造作がよりいっそうはっきりした。

鼻筋が通ったきれいな顔で、睫毛《まつげ》もうらやましいほど長い。しかし近寄りがたい感じはなく、人なつこそうに見えるのは、口角がきゅっと上がっているからだろうか。まだ少年の面影を残しているためか、格好いいではなく、可愛いという印象のほうが強い。

「すみません。ちょっとおうかがいしてもいいですか？」

「な、なんでしょう」

相手は年下だというのに、どぎまぎしてしまう。これが美形の力か。

「この近所に『ことりや』って名前の和菓子屋がありますよね？」

都はぱちくりと瞬《まばた》いた。それなら目の前にあるのだが、彼は気づいていないらしい。

「たぶんこのあたりだと思うんですけど、見つからなくて……」

菓子工房に和菓子を頼みに来たのか、はたまた注文品を受けとりに来たのか。どちらにしても、「ことりや」に来店するのははじめてのようだ。菓子工房をおとずれるお客は車を使うことが多いので、彼のように徒歩で来る人は少数派である。

「さっきから探してるのに……。こっちじゃないのかなぁ」

しばらく周囲をさまよっていたのか、青年は困ったように眉を下げた。

「えーと、その『ことりや』ですけど」

スクーターから降りた都は、花桃屋敷の敷地をぐるりと囲む塀に目を向ける。よくあるフェンスや生け垣などではなく、重厚なつくりの石塀だ。

「この塀の中にありますよ」

「えっ、やっぱりここでよかったのか！」

青年が目を見開いた。灯台もと暗しとはこのことか。

「実は俺も、そうじゃないかと思ってたんです。けど、表のほうにも看板が出てなかったから、普通の民家なのかもと……。あ、でもネットにのってた外観とはそっくりだったんだよな。だから余計にわからなくなって」

当たりはつけていたものの、看板がないため確証が持てなかったのだろう。

気が抜けたように肩をすくめる青年に、都は苦笑しながら言った。

「たしかにはじめての人にはわかりにくいかも」

「ですよね！」

同意を得たとばかりに、青年が声をはずませる。

「ちょっと前までは、そこの塀のところに看板があったんですけど……。いまは修理に出してるらしくて。その間は貼り紙で案内したほうがいいですね。恭史郎さ――担当の人に伝えておきます」

店主は一成なのだが、彼は和菓子をつくることに集中している。事務や経理などの裏方作業は恭史郎の担当だから、そちらに話せば対応してくれるはずだ。

都の口ぶりになにかを感じたのか、青年が小首をかしげた。

「もしかしてお店の人ですか？　さっき、あそこから出てきたし」

「あ、いえいえ。わたしは店員じゃなくて、家事代行サービスの者です」

「家事代行サービス……」

「こちらのお宅にも出入りしているので、お店の事情もある程度は知ってるんですよ」

「なるほど。大きな家ならそういう人も雇うよな」

納得したようにうなずいた青年が、嬉しそうに続ける。

「それはそうと、ここって甘味処もあるんですよね？」

「か、甘味処？」

「特にクリームあんみつがおいしいって聞きました。和風パフェも捨てがたいけど、これはぜひとも食べておかねばと。聞くところによると、あんみつに使われてる自家製の抹茶アイスが絶品だとかで」

よほど楽しみにしているのか、青年は戸惑う都に気づかずしゃべり続ける。

「平日はやってないみたいだから、日曜ならと思ったんですけど……」

「…………」

「あっ、すみません。勝手にペラペラと」

「い、いえ……」

（そういえば、恭史郎さんが前に言ってたっけ）

すべての媒体《ばいたい》の情報を更新できたわけではないので、甘味処が休業したことを知らないお客が、たまに来てしまうことがあるのだと。休業から一年もたっていないため、観光ガイドの本には掲載されたままらしい。

青年は観光客だろうか？　遠方からはるばる来ているのだとしたら気の毒だ。

これほど期待している相手に事実を告げるのは心苦しいが、黙っているわけにもいかない。ためらいつつも心を決めた都は、「あのですね」と口火を切った。

「言いにくいんですけど……。甘味処はいま、休業中で」

「――――え？」

「定休日とかじゃなくて、人手不足で春ごろから営業してないんです。せっかく来てくださったのに、ごめんなさい」

「休……業……？」

都の言葉を理解した（と思われる）瞬間、青年の笑顔に亀裂《きれつ》が入った。

期待していたぶん、ショックが大きかったのだろう。力が抜けたようにその場にしゃがみこむと、「マジかよー」とうなだれる。想像以上の落胆《らくたん》ぶりだ。

「だ、大丈夫ですか？」

「……なんとか」

力なく答えた青年が、ふらりと立ち上がった。

さきほどまでは元気に尻尾をふっていた仔犬のようだったのに、いまは捨てられた仔犬の顔になっている。遠い目をした彼は、自分に言い聞かせるようにつぶやいた。

「休業ならしかたないよな、うん。せめて和菓子をお土産《みやげ》に……」

「えーとですね……。その和菓子は受注生産のみで、店頭での販売はしておらず……」

「ええっ」

「そ、そんなに気を落とさないで」

絶望の目を向けられた都は、どうにかなぐさめようと口を開いた。

「甘味処はやってないけど、和菓子ならネット販売もしてるはずだから。せっかく遠いところから来てくれたのに、ごめんなさい」

「いや、たいして遠くないけど……。というか、俺の調査不足のせいなので」

青年は「もっと調べておくべきでした」と苦笑する。

「気を遣わせてしまってすみません。それじゃ」

ぺこりと頭を下げた青年が、都に背を向けて歩き出す。そのしょんぼりとしたうしろ姿に心が痛むけれど、これ以上、自分にできることはなにもない。それでも肩を落とし、とぼとぼと歩く青年に、少しでも元気を出してほしくて——

(あっ、そうだ!)

「ちょっと待って!」

声をかけると、青年がおどろいたようにふり向いた。

都はスクーターのスタンドを立ててから、前カゴに入れていたバッグのファスナーを開けた。中から手のひらにおさまるほどの小さな包みをとり出すと、首をかしげる青年のもとに駆け寄り、「はい」と差し出す。

「これは……？」

「栗饅頭《くりまんじゅう》です。『ことりや』の」

都の手のひらにのっているのは、黄色い包み紙にくるまれた栗饅頭だ。『ことりや』という屋号と、鳥をモチーフにしたシンボルマークも印刷されている。

楕円《だえん》に成形された饅頭は、表面に卵黄を塗ってからオーブンに入れることで、つややかな焦《こ》げ茶の焼き色がつく。一成曰く、自家製の白あんに栗蜜《くりみつ》を加え、刻んだ栗の甘露煮も練りこんだという、「ことりや」自慢の一品だ。

「帰りがけに、店主の方からいただいたんです。よかったらどうぞ」

「え、でも」

戸惑う青年に、都はにこりと笑いかけた。

「わたしのぶんなら、もうひとつあるから大丈夫。これ、いまの時季しか売ってない限定品ですよー。試食して気に入ったら、ぜひネットでご購入を」

「えっと……」

「——うわ、もうこんな時間だ。はやく会社に戻らなきゃ！」

腕時計から顔を上げた都は、栗饅頭の包みを青年の手に握らせると、あわててスクーターのもとに戻った。シートにまたがり、エンジンをかける。

「じゃ、そういうことで！」

「あ、いやその……！」

青年がなにか言いかけたような気がしたけれど、もう時間がない。

小さく会釈をした都は、彼を残してその場から走り去った。


――あのときは時間がなくて、急いでいた。とはいえ。

（いまから思えば、ちょっと、いやかなり強引だったかも……？）

翌日の午後。仕事先のひとつである高瀬《たかせ》家の駐車場にスクーターを停めた都は、昨日の行動をふり返りながら、そんなことを考えていた。

「栗饅頭を渡したのは余計だったかな」

青年からすれば、初対面の人間にいきなりお菓子を押しつけられて、大いに困惑したに違いない。都だって誰彼かまわずあんなことはしないのだが、せっかく『ことりや』に足を運んでくれたのに、手ぶらで帰すのはかわいそうだと思ってしまったのだ。相手が明らかに年下で、しゅんとしていたから、そんな気持ちになったのだろう。

（あー、恥ずかしい……！　でもまあ、もう会うこともないか）

気をとり直した都は、バッグを手にして裏口に回った。

羽鳥家は正面玄関から入ってもいいのだが、高瀬家では家族と来客にしか許されていない。雇用されている者はもちろん、営業や外商、配達員といった人々も裏口を使うことになっており、駐車場も分けられている。

純和風の大きな屋敷に、手入れが行き届いた日本庭園。

広い敷地を囲んでいるのは、漆喰《しっくい》で塗り固め、瓦《かわら》をのせた白い塀だ。

そんな屋敷なので、裏口といっても、一般家庭とはつくりが違う。台所についているような狭い勝手口ではなく、格子《こうし》の引き戸も土間もある、きちんとした玄関だ。裏口でもこのレベルなのだから、正面玄関は推して知るべし。来客を通すそれは、どこの料亭かと思うほど立派なものだった。

(さすがは地主兼、政治家先生のお宅って感じ)

家事代行の仕事をしていなければ、庶民《しょみん》の都には一生、縁のなかった場所だろう。

都は備品として貸し出されている鍵で、裏口の戸を開けた。

ここ鎌倉山《かまくらやま》は、昭和初期に開発された高級住宅地で、現在もそのイメージを受け継いでいる。山といっても、実際は標高百メートルほどの丘陵地。桜並木が有名で、販売当初は政財界や芸能界の著名人らが土地を買い求めたという。

そんな鎌倉山の一角に屋敷を構える高瀬家も、販売初期に土地を買い、市内の別の場所から移り住んできたらしい。三代続く国会議員という由緒ある家柄で、花園家事代行サービスの顧客の中でも一、二を争うほどの名家だと言える。

最寄りは湘南《しょうなん》モノレールの西鎌倉駅だが、屋敷までは少し距離がある。そのため電車ではなく、スクーターを使っていた。交通の便はあまりよくない場所だと思うけれど、屋敷の住人は自家用車やタクシーに乗るそうなので、特に問題ないようだ。

都は裏口から屋敷に上がり、家政婦用の休憩室に荷物を置いた。エプロンをつけ、身だしなみをととのえてから台所に向かう。

「琴さん、おはようございます」

「あらミャーコちゃん、おはよう。今日は冷えるわね」

笑顔で迎えてくれたのは、住みこみで働く家政婦の琴子だった。

白い割烹着《かっぽうぎ》に身を包み、白髪まじりの髪もきちんとまとめている。古風ないでたちなのだが、伝統的な雰囲気の屋敷には合っていた。おっとりしていて品もよい彼女は、屋敷の人々から愛されており、よい待遇を受けていることがうかがえる。

料理が得意な琴子のために、台所には最新式の調理設備がそろっている。料理以外の家事のコツも教えてもらえるので、とてもためになる職場だ。

「あっ、栗だ！」

作業台に目をやった都は、思わず声をはずませた。

ガラスのボウルに入っているのは、お湯につけられた栗の実だった。そうすることで表面の鬼皮をやわらかくして、むきやすくするのだ。

「しかもこっちは――松茸《まつたけ》!?」

栗の隣には、秋の味覚の王様とも言える、立派な松茸が何本も！

一度は食べてみたいと思っていても、あまりの高さに手が出せない。スーパーで見かけるたびにあこがれのまなざしを向けていた食材が、目の前にあるなんて……！　自分が食べるわけではないとわかっているのに、興奮を隠せない。

「大旦那《だんな》様のリクエストなのよ」

いろいろな角度から松茸を観察していると、琴子が言った。大旦那様とはこの屋敷のあるじで、来年に米寿《べいじゅ》を迎える元政治家だ。

「今夜は栗ご飯と、松茸の土瓶蒸《どびん》しを召し上がりたいんですって」

「秋の味覚って感じですねー。わたしも気軽にそんなこと言ってみたい」

「ミヤーコちゃんも、ちょっとなら味見ができると思うわよ」

「えっ、ほんとですか？　嬉しい！」

都はぱっと顔を輝かせた。ひとかけらでも、松茸が食べられるのならありがたい。

「ちょっと用事をすませてくるから、洗い物をやっておいてね」

「わかりました」

琴子が台所をあとにすると、都ははりきって仕事にとりかかった。

この屋敷には来客が多いため、食器棚には和洋中、さまざまな種類の茶器がそろっている。直近のお客には紅茶を出したらしく、作業台には飲み終わったティーカップやポットが置いてあった。それらをシンクに持っていき、丁寧に洗っていく。

（こんなカップで紅茶を淹《い》れたら、お徳用ティーバッグでもおいしいんだろうなぁ）

美しく繊細なティーセットにはあこがれるけれど、あいにく都が持っているのは、丈夫でずっしりとしたマグカップだけ。紅茶も緑茶もコーヒーも、そのマグカップで飲んでいる。情緒もなにもあったものではない。

洗い物を終えた都は、ティーセットを棚に戻し、シンクもざっと掃除しておいた。

ついでに台所を片づけていると、琴子が戻ってくる。都は彼女とふたりで、夕食の支度をはじめた。

「ミャーコちゃんはまず、松茸の石づきをとってくれる?」

「はい！」

「鉛筆を削る要領でね」

「えーと……。こ、こうですか？」

「あ、若い子はやったことないかしら。松茸はこう持って、こんな感じで……」

なるほどとうなずいた都は、琴子から教わった通りに石づきを削ぎ落とした。続けてボウルの水の中で、表面についた土を軽く落とす。

「水につけるのは短時間よ。水気はすぐに拭きとってね」

琴子の指示に従って下処理を終えると、次は栗の皮むきだ。

（――よし、きれいにできた！）

すべての鬼皮、そして渋皮もむき終えてひと息ついたとき、琴子が口を開いた。

「栗ご飯は、大旦那様と陸《りく》さんがお好きなのよね」

「陸さん？」

「あら、まだ会ったことなかった？　大旦那様のお孫さんよ。いまは大学二年生」

「お孫さんですか」

以前に聞いた話によると、現在、この屋敷に住んでいるのは五人。屋敷のあるじとその妻、現役議員の長男夫妻、そして孫がひとりだ。長男夫妻の子どもは三人いるのだが、上のふたりはすでに独立しており、学生の末っ子が残っているとか。

大旦那夫妻と長男夫妻には挨拶《あいさつ》したのだけれど、孫にはまだ会ったことがない。たしか東京にある私立大学に通っているはず。大学生なら昼間は学校だし、サークル活動や友だちづき合いなどで忙しく、あまり家にはいないのだろう。

「今日はもう帰られているのよ。午後の講義がお休みになったらしくて」

煮物に使うレンコンの皮をむきながら、琴子が言った。

「アルバイトもないから、明日締め切りのレポートに専念するんですって」

「え、陸さん、バイトされているんですか？」

意外な言葉に、都は目を丸くした。

「大学に入ってからね。いまは大船《おおふな》の和菓子屋さんで働いているそうよ」

学生がバイトをするのは、なんらめずらしいことではない。都も専門学校に通っていたころは、近所の小料理屋でバイトをしていた。賄《まかな》いつきに惹《ひ》かれてはじめたのだが、親切な大将は残り物も分けてくれたし、食費が浮いて助かった。

都は当時からひとり暮らしをしていたので、バイト代は生活費の足しにした。母から仕送りはあったものの、余裕のある金額とは言えなかったからだ。その点、陸は実家住まいだし、お小遣いもたっぷりもらっているだろう。それなのに、わざわざバイトをする理由がよくわからない。

「大旦那様は反対されていたんだけど、陸さんが押し切ってね」

「あの大旦那さまを説得したってことですか？　すごい！」

「就職活動をはじめるまでに、いろいろなお仕事を経験しておきたいそうよ。それで自分に向いている業界を見つけようとしているみたいね」

手を止めた琴子が、指折り数える。

「ファストフード店にイベントスタッフ、倉庫の仕分けに引っ越し屋さん……。お父様に頼みこんで、議員事務所の雑用をされていたこともあったわね。勉強との兼ね合いがあるから、長いお休みのときに短期で働いていらしたんだけど……」

「いまの和菓子屋さんは違うんですか？」

「ええ。そのお仕事は気に入っているみたいで、半年くらい続いているわね。卒業までとは言わないけれど、一年くらいはがんばっていただきたいところだわ。ひとつの職場に長くいることで、得られるものもあるでしょう？」

「たしかに」

この屋敷で三十年も働いている彼女の言葉には、相応の重みがある。

「でもまあ、学生のうちに社会経験を積んでおくのはいいことよね」

都が「そうですね」とうなずいたときだった。

「琴さーん」

出入り口の暖簾《のれん》がめくられて、栗毛の青年がひょっこりと顔を出す。

「忙しいところ悪いけど、眠気覚ましにめっちゃ濃いコーヒーを――」

言いかけた青年は、琴子のそばに立つ都を見た瞬間、大きな目を見開いた。

「あれ？　昨日の……」

「ええっ！　な、なんで……!?」

おどろいたのは、青年だけではない。仰天した都も思わず声をあげてしまう。

やわらかそうな猫っ毛に、目尻がやや下がった、人なつこい顔。服装は変わっていたけれど、間違いない。

台所に入ってきたのは、昨日、花桃屋敷の前で出会ったあの青年だった。


「どうぞ、座ってください」

「ありがとうございます」

笑顔の青年にうながされ、都は遠慮がちにソファに腰を下ろした。琴子が淹れたコーヒーが入ったカップを手にした青年は、肘《ひじ》かけつきのデスクチェアに座る。

――それにしても。

「うわ、苦ッ。琴さん手加減ナシだな！」

コーヒーをひと口飲んで顔をしかめる青年を、都は信じられない思いで見つめた。

まさか昨日の彼と、こんな形でまた会うことになろうとは……。

（しかも高瀬家の人だったなんて。リアル御曹司《おんぞうし》！）

さきほど台所で再会したあと、青年は「ふたりで話がしたい」と言って、都を連れて二階に上がった。仕事中に抜け出すことに抵抗はあったのだが、事情を知った琴子が「そういうことならかまいませんよ」と許可してくれたのだ。

（二階に来たのははじめてだけど……。やっぱり広いなぁ）

背筋を伸ばした都は、さりげなく室内に視線を向ける。

十畳、いや十二畳はあるだろうか。ベッドを筆頭に、机や本棚、ふたりがけの革張りソファなど、どれも大きく立派なつくりだ。レポートを書いている最中だったのか、机の上には起動中のノートパソコンや、積み上げられた専門書の山が置いてあった。

（あっ！　あのシリーズ読んでるんだ。わたしも集めてる！）

大きな本棚にはミステリー系の文庫本のほかに、少年漫画や青年漫画のシリーズも並んでいた。同じものを読んでいるとわかると、親しみを覚える。

「まあ、これはあとでゆっくり飲むとして」

カップを机の上に置いた青年が、都のほうに目を向けた。

「それじゃ、あらためて自己紹介を。高瀬陸です。どうぞよろしく」

「あ、わたしは花園家事代行サービスの秋月と申します。今年の二月から、こちらのお宅に派遣されておりまして」

仕事モードに切り替えた都は、青年もとい陸のもとに近づき、名刺を差し出した。

彼はもう、甘味処に行けずにがっくりしていた男の子ではないのだ。顧客である高瀬家の人だとわかった以上、接し方には気をつけなければ。

「秋月……都さんか。失礼ですけど、おいくつですか?」

「二十五です」

「じゃ、うちの姉と同い年かな。誕生日にもよるけど」

「早生まれなので、来年の三月で二十六ですね」

「学年は姉よりひとつ上か。同じくらいだから親近感が湧くのかも」

陸が明るく笑うと、都の口元も自然とほころぶ。たしかに彼の口調は昨日よりも砕けていて、親しげに感じた。都は彼の姉と同年代のようだし、家事代行という仕事柄、家政婦の琴子と立場が近い。だから気安く接してくれるのだろうか。

（初対面のときのイメージが強いからかな）

陸の素性がわかっても、まったく緊張していない自分がいる。

大旦那夫妻はどちらも厳格そうで、挨拶のときにガチガチになってしまったのだが、長男夫妻はおだやかで優しかった。陸は両親の気質を継いだのだろう。

名刺から顔を上げた陸が、「それはそうと」と続ける。

「でもまさか、昨日会った人がうちで働いてるとは思わなかったな。さっき台所で見たときはびっくりしました」

「わたしもおどろきましたよ。てっきり県外から来た観光客かと」

「だから言ったじゃないですか。たいして遠くないって」

陸がおかしそうに笑った。言われてみればそんなことをつぶやいていたような気もするが、よもや市内だとは思わなかったのだ。西鎌倉から北鎌倉は、大船で乗り換えても、電車で二十分もかからない。いつでも気軽に行ける距離だ。

「秋月さんは『ことりや』でも働いてるんですよね？」

「あ、いえいえ。菓子工房のほうじゃなくて、店主の方のお宅です」

「ああそうか。じゃあ甘味処に行ったことは？」

首をふった都は、「残念ながらないですね」と答える。

「わたしが通うようになったときには、もう休業してたので。再開する可能性はあるみたいですけど……」

「ほんとですか？　だったら希望を捨てずに待とうかな」

表情をゆるませた陸が、「そうだ」と声をあげる。

「昨日はありがとうございました。栗饅頭」

――栗饅頭！

とたんに昨日の記憶がよみがえり、都はおそるおそる口を開いた。

「あの……。いまさらですけど、押しつけるようなことしてすみませんでした」

「え、秋月さんがあやまることなんてないですよ？　おいしかったし」

「食べたんですか!?」

「食べましたけど。なにかいけませんでした？」

おどろく都に対して、陸は不思議そうに小首をかしげる。不審に思われ捨てられていてもおかしくないと思っていたから、食べてくれたのはよかったのだけれど……。

「その……。わたしが言うのもなんですが、知らない人からもらった食べ物って抵抗があるじゃないですか。いくら包装されているとはいえ……。わたし、そのことにあとから気づいて、困らせちゃったかなって思ってたんです」

「ああなるほど、そういう意味か」

　合点がいったような顔で、陸がうなずく。

「俺だって子どもじゃないんだから、だれにもらったものでも、ほいほい口に入れるほど迂闊《うかつ》じゃないですよ」

「そ、そうですよね。じゃあどうして……」

「そもそも、最初に話しかけたのは俺のほうだし。少しでも怪しいと思ったら、声なんてかけませんよ？　秋月さんが『ことりや』の敷地から出てきたところも見てたから、帰りがけに栗饅頭をもらったっていうのもほんとなんだろうなと」

　言葉を切った陸が、肘かけに頬杖《ほおづえ》をついて微笑んだ。

「俺のこと追いかけて、栗饅頭を分けてくれた秋月さんの顔見たら、悪い人だなんて思えませんって。だからありがたくいただきました」

「陸さん……」

　ほっとしたと同時に、嬉しくなる。

　一成が丹精こめてつくった栗饅頭は、おいしく食べてもらえたのだと。

「じいさまたち……祖父母が『ことりや』を贔屓《ひいき》にしてるから、俺もあの店の和菓子はいろいろ食べたことがあるんです。でも、栗饅頭ははじめてだったな」

「お味はどうでした？」

「控えめに言って最高です」

即答した陸は、きらりと目を光らせた。かなり気に入ったようだ。

「皮には砂糖のほかに、練乳を入れて甘さを強めてると思うんですよ」

「言われてみれば、ほんのりミルクっぽい感じもありましたね」

うなずいた陸があごに手をやり、思案顔になる。

「しっかり甘くて濃厚なのに、不思議としつこくないんですよ。白あんに練りこまれてた栗も、あんことよく合ってたし。深蒸し煎茶のお茶請けにぴったりだったな」

「詳しいですね。陸さん、和菓子がお好きなんですか？」

「洋菓子よりは和菓子派ですね。父方の叔父がパティシエなので、大きな声じゃ言えませんけど。あとはチープな駄菓子とか、お祭りの屋台で売ってるわたあめやベビーカステラなんかも好きですよ」

「そうなんですか。実はわたしも和菓子派なんです」

「へえ、気が合うな。じゃあこういうものにも興味あります？」

机の引き出しを開けた陸は、そこから大学ノートサイズの冊子をとり出した。

「どうぞ。よかったら読んでみてください」

差し出された冊子は、同人誌だろうか。おいしそうな洋菓子や和菓子のカラーイラストが、ポップなタッチで描かれている。

（サークルの会報誌かぁ。大学生って感じ）

表紙に記されている学校名は、偏差値が高めの大学として知られているところだ。

「俺、大学では甘味研究会に入ってるんですよ」

都がぱらぱらと冊子をめくっていると、陸が言った。

「まあ研究といっても、実態は食べ歩きサークルみたいな感じだけど。洋菓子でも和菓子でも、気になった店のスイーツを食べて記録していくんです」

「楽しそうなサークルですねー」

「撮影もするんですけど、おいしそうに撮るのがむずかしくて」

都が通っていた専門学校にも、いくつかのサークルが存在していた。しかし都は学校の課題やバイトで忙しく、課外活動を楽しむ余裕はなかったのだ。大学は専門学校よりも在籍期間が長いし、部活やサークルの種類も多くてうらやましく思う。

「食べ歩きの記録は、定期的に会誌にまとめてるんです。大学祭で販売なんかもしたりして。俺は和菓子を研究していて、今年は地元の店を回ってみようかなと。それで『ことりや』の甘味処にも行こうとしたら……」

残念ながら、休業していたというわけだ。

「食べたかったなぁ。抹茶アイスのクリームあんみつ」

「そう言われると、なんだかわたしも食べたくなってきました……」

「あはは。伝染しちゃいましたか」

口角を上げた陸が、「はやく再開するといいな」とつぶやく。

「陸さん、和菓子が好きならバイトも楽しいでしょう」

「あれ？　なんでバイトのこと……。ああ、琴さんから聞いたのか」

「はい。大船にあるお店だとうかがいました。うちの会社の事務所も大船なんですよ。もしかしたら、けっこう近くなのかもしれませんね」

都が笑いかけると、陸が表情を曇らせた。急な変化にあわててしまう。

「すみません。わたし、なにか気にさわることを……？」

「あ、いえ。バイト先の店のこと考えたら、気分が沈んじゃって。仕事は楽しいし、店長もいい人なんですよ。だから卒業まで働きたかったんですけど……」

ため息をついた陸が、ぽつりと言った。

「俺のバイト先、業績不振で閉店するんです。今月末で」

「えっ！」

「日本人の和菓子離れっていうのは、やっぱりほんとなのかもなぁ」

　さびしげな彼の姿を見て、以前に恭史郎から似たような話を聞いたことを思い出した。

　こういうときは、なんて言えばいいのだろう。都が言葉を探していると、重くなりかけた空気をふり払うように、陸の表情がぱっと明るくなる。

「でも、俺にはどうにもできないし。とりあえず、次のバイト先を探しますよ」

「そうですか……。すぐに見つかるといいですね」

「できればまた、和菓子関係の仕事がしたいな。見つからなかったら、前みたいに短期のバイトをしようかと。大学に入るときに、小遣いくらいは自分で稼ぐと言ったので。もう二十歳だし、そこまで親に甘えるわけにはいかないから」

　しっかりした答えが返ってきて、都は意外な思いで陸を見つめた。

　これほどの名家なのだから、望めばいくらでも援助をしてもらえそうなのに。

「でも、バイトにかまけて成績が下がったら、祖父から大目玉を食らうので。いまやってるレポートも、気合いを入れて書かないといけないわけです」

　いたずらっぽく言った陸が、ふたたびコーヒーに口をつける。

「苦ッ」

「……陸さん、無理しないで。ミルク持ってきますから」

しっかりしているところもあれば、微笑ましく思える一面もある。

口元に笑みを浮かべた都は、台所に戻るために立ち上がった。


事態が大きく動いたのは、それから数日後のことだった。

「――一成。『ことりや茶房』を再開させなさい」

茶器をのせたお盆を廊下に置き、居間の前で膝をついた都は、障子《しょうじ》の向こうから聞こえてきた声におどろいて動きを止めた。いまのはさきほど花桃屋敷にやって来た、瑠花の声だろう。ことりや茶房――甘味処の話をしているようだ。

「どうしたんですか、藪《やぶ》から棒に」

「なにを企んでるのかな？　瑠花ちゃん」

冷静な一成の声と、からかうような恭史郎の声も聞こえてくる。

（どうしよう。いま入っていいものか）

ためらったものの、ここで引き返すわけにもいかない。都は「失礼します」と断りを入れてから、すっと障子を開いた。居間にいたのは一成と恭史郎、そして来客である瑠花の三人で、座卓を挟んで向かい合っている。

一成と恭史郎の前には、都がつくった昼食が置いてあった。本日のメニューは、恭史郎からリクエストされた親子丼だ。鶏《とり》モモ肉は大きめに切ってボリュームを出し、軽くときほぐした卵をとろりと絡め、口あたりよく仕上げている。

弟たちの食事中に来襲——いや来訪した瑠花は、恭史郎の隣に座り、正面の一成を見据えていた。相手が瑠花だからなのか、一成も恭史郎もまったく遠慮せず、彼女の前で親子丼をもりもり食べている。あいかわらずマイペースな人たちだ。

「瑠花さん、お茶をどうぞ」

「あら、ありがとう」

座卓の上に湯呑みを置くと、瑠花はにっこり微笑んだ。

「ねえ、都ちゃんも思うわよね？　甘味処を再開させるべきだって」

「え？　その、えーと……」

いきなり話をふられたので、しどろもどろになってしまう。

たしかに甘味処が再開したら嬉しいけれど、素直にそんなことを言ってもいいのだろうか。戸惑っていると、一成が助け船を出してくれる。

「瑠花姉さん、強引に味方を増やそうとしないでください」

「失礼ね。私は意見を求めただけよ？」

拗《す》ねたように言われても、一成は涼しい顔だ。慣れているらしい。

「それはそうと、なぜ甘味処を再開させろと?」

さらりと先をうながされ、瑠花は「実は」と続けた。

「私の知り合いに、テレビ局のディレクターがいるんだけどね。その人がいま、鎌倉を特集する番組の企画を進めているのよ」

脚本家という仕事柄、彼女にはマスコミ関係の知人も多いのだろう。

鎌倉は歴史ある古都だし、山あいの北鎌倉から湘南の海沿いまで、風光明媚《ふうこうめいび》な景色を楽しむことができる。すぐ近くには江の島《えのしま》もあり、寺院も点在しているため、観光地としても申し分ない。どこを切りとっても魅力的に映るはずだ。

「その番組で、隠れ家的なカフェをいくつか紹介したいんですって。それで『ことりや茶房』にお声がかかったというわけ。でもそっちは休業中でしょ。菓子工房だけだとテーマに合わないから、紹介してもらうには甘味処が必要なのよ」

「なるほど、テレビですか……」

三つ葉と椎茸《しいたけ》のお吸い物をひと口飲んだ一成が、鉄壁の無表情で言う。

「ありがたいお話ですが、そのためにあわてて甘味処を再開させるというのも――」

「もう!　あいかわらず悠長な子ね!」

座卓に両手をついた瑠花が、ずいっと身を乗り出した。

「店をまかせられそうな人が見つかったらとか言ってるけど、あなた、本気で探そうとはしてないでしょう。受注販売だけでも黒字になるから、無理して甘味処までやらなくてもいいかなーって思ってるのよね。そんなふうにのらりくらりとしてたら、百年たっても再開なんてできないわよ」

「はあ……」

気のない返事に脈のなさを感じたが、それくらいで引き下がるような彼女ではない。

一成の薄い反応にめげることなく、瑠花は「よくお聞き」と続ける。

「休業してから半年以上もたってるのよ。人気だったとはいえ、あんまり間をあけすぎるのはよくないわ。常連のお客さんにまで忘れられたらどうするの」

瑠花の鋭い視線が、のん気に傍観している恭史郎に移る。

「あなたもよ、恭史郎!」

「はは、やっぱり俺にも水が向くか」

「あたりまえじゃない。経営担当ならもっと利益を追求しなきゃ。甘味処の売り上げはわりとよかったんでしょ？　このまま自然消滅するのはもったいないわ。だから番組の取材が来るまでに再開させなさいと言ってるの」

「たしかに再開するにはいいチャンスかもなぁ。宣伝もしてもらえるし」

経営する側としてはおいしい話なのか、恭史郎は心惹かれているようだ。箸《はし》を動かす手を止めて、商売人の顔になっている。

「で、瑠花ちゃん。その番組の取材が来るのはいつだって？」

「来年の一月くらいかしら。はやければ年明けには」

「う――ん……。悪くない話だけど、ちょっとむずかしくないかな。取材に間に合わせるには、年内に再開させておかないとだめじゃないか」

「そうなるわね」

「さらっと言うなよ。実際に動くのは俺だぞ」

腕を組んだ恭史郎が、おもむろに天井をあおぐ。

「備品は倉庫にしまってあるし、メニューもこれまでのものを使えばいい。場所もあるから甘味処はすぐにできるけど、問題は人だよ。俺と一成くんはいまの仕事が手一杯で、甘味処まで手が回らないから、雇った人に一任することになる。年明けまで二か月しかないのに、そこまで信頼できる人を見つけられるとは……」

「見つける必要はないわよ。甘味処は私がやるから」

「――えっ⁉」

思いもよらない瑠花の言葉に、恭史郎はもちろん、一成と都も目をむいた。

（る……瑠花さんが甘味処を⁉）

「これでも昔は、日本茶カフェに勤めていたことがあってね。脚本の仕事が軌道に乗ってからは、両立がむずかしくて辞めちゃったけど。副店長だったから経営の知識もある程度は頭に入ってるし、役立たずにはならないはずよ」

言葉を切った瑠花が、真剣な面持《おもも》ちで言う。

「それになにより、私は『ことりや茶房』が好きなのよ。パフェやあんみつもすごくおいしかったけど、この場所ならではの空気感が気に入っていたのよね。同じことを感じていたお客さんもたくさんいたんじゃないかと思うの」

「……」

「あの空気感も、私の手で復活させたいのよ。ねえ一成。ここはひとつ、私を信じてまかせてもらえないかしら？」

「瑠花姉さん……」

まさか一成も、彼女がみずから甘味処をやりたいと言い出すとは思いもしなかったのだろう。めずらしく困惑の感情をあらわにしている。恭史郎は一成が決めたことに従うつもりのようで、黙って成り行きを見守っていた。

「たしかに瑠花姉さんなら信用できますが……」

　しばしの沈黙を経《へ》て、一成が思慮深げに口を開いた。

「本業は大丈夫なんですか？　以前は両立できなかったんでしょう？」

「このまえのオーバーワークで懲《こ》りたから、仕事量は無理のない範囲におさめることにしたのよ。甘味処は土日だけでしょ？」

「ええ」

「じゃ、問題ないわ。うちからも通える距離だし」

「そうですか。……それならお願いしてもいいかもしれませんね」

　恭史郎に続いて、一成も瑠花の言葉に心を動かされたらしい。カフェ勤務の経験がある上に、「ことりや茶房」に愛着を持つ彼女が切り盛りしてくれるのなら、安心してまかせられると思ったのだろう。

「あ、でも。バイトはひとりほしいわね」

「掲載料はかかるけど、求人サイトで募集してみる？」

　スマホをとり出した恭史郎が、なにやら検索をはじめた。瑠花に触発されたことで、甘味処の再開に向けて動く気になったようだ。近いうちに「ことりや茶房」が復活するのかと思うと、楽しみすぎて心がはずむ。

（そうだ、陸さんにも教えてあげよう！）

脳裏に浮かんだのは、クリームあんみつを食べられずにがっかりしていた青年の顔。

この話が順調に進めば、年内に味わうことができるかもしれない。そう伝えたら、彼はきっと目を輝かせてよろこんでくれるだろう。

ひそかに興奮する都の前で、恭史郎と瑠花は話を続ける。

「バイトは学生でもいいの？」

「かまわないわよ。主婦でもフリーターでも、やる気さえあれば。接客は未経験でもいいけど、経験者だと助かるわよね。あとは近くに住んでいる人かしら」

「市内とか？」

「そうね。あんまり遠いと大変だもの。交通費もかかるし」

（接客経験者で、学生も可。住所は市内……）

次の瞬間、はっとした都は「瑠花さん！」と呼びかけた。

「すみません、ちょっとご相談したいことが――」


甘味処の再開が決まってから、一週間後。

都が花桃屋敷で仕事をしていたとき、玄関のインターホンが鳴った。

（あ、来たかな？）

モニターの画面で確認すると、来訪者は予想通りの人だった。都は小走りで玄関に向かい、鍵をはずして引き戸を開ける。

「いらっしゃいませ！」

「こんにちは、秋月さん。面接に来ました」

引き戸の前に立っていた陸が、都の表情を見てほっとしたように微笑んだ。

「あー、よかった。めっちゃ緊張してたけど、知ってる人がいると心強いな」

「そんなに緊張しなくても大丈夫。一成さんも瑠花さんも、優しくて素敵な人ですよ。面接は菓子工房のほうでやるそうなので、ご案内しますね」

外に出た都は引き戸を閉め、裏庭に向かって歩き出した。

「広い庭だなぁ。木もたくさんある」

「高瀬家のお庭も立派じゃないですか。日本庭園って感じで」

「うちのはなんていうか、人工的なんですよね。それはそれできれいだし、芸術的でもあるけど、俺はこっちの庭のほうが好きかも。手入れはされてるんだろうけど、自然の姿が生かされてますよね」

陸の視線の先にあるのは、椿《つばき》によく似た山茶花《さざんか》の木。

つぼみがふくらみ、そろそろ開きそうな花もあるようだ。

近年は十月でもあたたかい日が増えているが、さすがに十一月に入ると、気温はぐっと下がってくる。頬をなでる風も冷たく、深まる秋の気配を感じた。

「いいなあ。こんなところでバイトできたら最高だ」

自然豊かな庭が気に入ったらしく、陸が気持ちよさそうに目を細める。

いまから一週間前――

バイトの求人を検討していた瑠花たちに、都は思わず声をかけた。

「もしかしたら、すぐに働いてくれる人がいるかもしれません」

ちょうど陸のことを考えていたときだったので、彼がいま、新しいバイトを探していることも思い出したのだ。先月末で閉店したというバイト先は和菓子屋だったし、同じ和風の「ことりや茶房」なら、ぴったりではないかと思った。

琴子を通して陸に事情を伝えると、予想以上に前のめりの反応が返ってきた。

詳しい話が聞きたいと、彼はスマホの連絡先も教えてくれた。その後はアプリのメッセージでやりとりを行い、今日に至るというわけだ。

「高瀬さん？　鎌倉山の？」

都から陸の素性を聞いた一成は、軽く目をみはった。

高瀬家の大旦那夫妻は、「ことりや」を贔屓にしているお得意さまだ。面接に来るのはその孫だと知り、一成は複雑な顔をしていた。

「顧客の大事なご令孫《れいそん》を、うちで働かせてもいいのだろうか……」

「それとこれは関係ないでしょ。堅苦しい子ね」

考えこむ彼を一笑に付したのは、瑠花だった。明るく豪胆《ごうたん》な姉と、生真面目な弟。性格はまったく違うけれど、だからこそ補い合えるところも多いのだろう。頼もしいお姉さんがいて、一成がうらやましい。

「本人がここでバイトしたいって言ってるんだから、それでいいじゃないの」

「たしかにそうですが……」

「まあ、採用するかどうかは私が決めるけどね」

「ワンマン面接じゃないんですから。僕の意見も聞いてもらいますよ」

(ああ見えて、一成さんも意外と強いよね。さすがは瑠花さんの弟)

そんなことを思い出しながら歩いていると、菓子工房にたどりついた。

都はインターホンを鳴らして、来客を告げる。ややあってあらわれたのは、黒地に紅葉《もみじ》柄の着物を身につけた瑠花だった。

「都ちゃん、お疲れ様」

「わぁ……！　瑠花さん、すごくお似合いです」

「うふふ、ありがとと」

嬉しそうに笑った瑠花が、その場でくるりと回ってみせる。

シックな色合いの地に、赤く色づいた秋らしい紅葉。着物も帯もきらびやかな柄ではないけれど、風情《ふぜい》があって落ちついた雰囲気だ。髪をまとめ上げてうなじを見せ、薄化粧をほどこした瑠花の姿はたおやかで、大人の魅力にあふれている。

「母から借りたものなんだけど、着物なんて何年もご無沙汰《ぶさた》でねー。着付けの仕方も忘れかけてたから、練習を兼ねて着てみたのよ。せっかく甘味処をやるなら、私も女将《おかみ》として相応の雰囲気を出したいじゃない？」

「なるほど」

「うしろにいるのは、面接に来た子かしら」

「あ、はい。よろしくお願いします」

瑠花の視線を受けて、陸がぺこりと頭を下げた。会釈で返した瑠花が手招きする。

「どうぞ上がって。ここは寒いし、中でゆっくり話しましょう。面接が終わったら電話するから、都ちゃんは仕事に戻っていいわよ」

「わかりました」

瑠花と陸が中に入っていくのを見送ってから、都は踵《きびす》を返して母屋《おもや》に戻った。

今日は時間に余裕があるので、底の焦げつきが気になっていた鍋を磨いておこう。

重曹《じゅうそう》を水に溶かして煮沸《しゃふつ》し、放置してから落とす方法もあるのだが、今回は洗剤でもよさそうだ。都は研磨剤入りの洗剤を使って、鍋を傷つけないよう注意しながら、焦げた部分を丁寧にこすり落としていった。

「ふっふっふ……。美しい」

きれいになった鍋を見つめていると、心もすっきりしてくる。

ピカピカの片手鍋をかかげて悦に入っていたとき、ダイニングテーブルの上に置いていたスマホが鳴った。

「はい、秋月です！」

『都ちゃん、いま話しても平気？』

聞こえてきたのは瑠花の声だった。都は「大丈夫ですよ」と答える。

「ちょうどひと仕事終わったところなので」

『こっちも少し前に面接が終わってね。高瀬くんをバイトに採用することにしたわ』

「そうですか……！　よかったです」

都はほっと胸をなで下ろした。陸を紹介した手前、どうなるだろうかと気を揉《も》んでいたのだ。無事に決まったのなら、これで甘味処のスタッフがそろった。

『あなたを呼んでくれって、一成に頼まれてね』

「一成さんに？」

『悪いけど、もう一度こっちに来てくれる？　呼び鈴は鳴らさなくていいわよ。厨房《ちゅうぼう》にいるから、勝手に上がってきて』

「わかりました。すぐに行きます」

——いったいなんの用だろう？

首をかしげたものの、呼ばれたのなら行かなければ。

台所をあとにした都は、ふたたび母屋を出て工房に向かった。

玄関の鍵は開いていたので、「お邪魔します」とつぶやいて靴を脱ぐ。建物の中に入るのは、四月に一成が桜餅《さくらもち》をつくってくれたとき以来だ。土間には一成の草履《ぞうり》のほかに、瑠花のものらしき女性用の草履、そして陸のスニーカーが置いてある。

平屋の菓子工房は、一成の仕事場である厨房と、続き部屋の和室で構成されている。厨房の出入り口にかかっているのは、一成の好みと思《おぼ》しき若草色の暖簾。奥から漏れ聞こえてくる声も、彼のものだろう。

「お待たせしました。お呼びとうかがいましたが――」

「ああ、都さん。仕事中にすみません」

暖簾をめくって声をかけると、一成が顔を上げた。

掃除が行き届いた厨房の中にいるのは、彼だけではない。瑠花と陸の姿もあり、作業台を囲むようにして集まっている。

「アルバイトも決まったことだし、ささやかなお祝いをしようかと」

「お祝いですか！　いいですね」

「このまえ、都さんが高瀬くんの話をしてくれたでしょう。その話を聞いて、これをつくろうと決めました」

仕事着姿の一成が、おもむろに視線を落とした。

作業台の上に置いてあるのは、ステンレスの流し型に入った寒天《かんてん》と、自家製であろうつぶあん。ほかにも甘露煮らしき栗の実や、果物の缶に生クリームのパック、そしてボウルやハンドミキサーなどの調理器具も用意されている。

食材を見た都は、彼がなにをつくろうとしているのかを察した。

(これは……！　陸さん、よろこぶだろうな)

「下準備はしておいたので、すぐにできますよ」

そう言った一成は、さっそく作業にとりかかった。

型に流して冷やしかためた寒天は、慎重にとり出してから、手早く賽《さい》の目状に切り分ける。目分量なのに大きさがそろっているのは、職人のなせる業《わざ》だろう。キウイは皮をむいて輪切りにし、ハンドミキサーで生クリームを泡立てる。

「あとはこれを。昨日のうちにつくっておきました」

「抹茶アイスだ！」

一成が冷凍庫からとり出したものを見て、陸が歓喜の声をあげた。特に食べたがっていたものを目の前にして、よろこびもひとしおだろう。

「使用したのは埼玉県産の狭山茶《さやま》です」

アイスをすくうための器具を手にした一成が、おだやかな声音で言う。

「狭山茶は静岡茶、京都の宇治《うじ》茶と並ぶ、日本三大銘茶のひとつです。『色は静岡、香りは宇治よ、味は狭山でとどめさす』とも謳《うた》われていますね。このアイスは牛乳と卵黄、砂糖と生クリームに抹茶を加え、シンプルな製法で仕上げました」

切り分けた寒天は容器に盛りつけ、アイスクリームディッシャーですくった抹茶アイスを上にのせる。泡立てた生クリームをしぼり出し、つぶあんに輪切りのキウイ、缶詰みかんとシロップ漬けのチェリーを飾って――

「秋らしく、最後にこれを」

仕上げに置かれたのは、つややかな栗の甘露煮。

そのひと粒に、季節感を大事にする一成の美学がこめられている。

「お待たせしました。こちらが『ことりや茶房』のクリームあんみつです」

「うわぁ、盛りだくさんですね。おいしそう！」

「抹茶アイスとチェリーのコントラストがきれいだなー」

目を輝かせた都と陸は、完成したクリームあんみつをうっとり見つめる。

「ほら、ふたりとも。見とれるのはそれくらいにして、あんみつをいただきましょう。アイスが溶けないうちにね」

瑠花の言葉で我に返った都たちは、厨房の近くにある和室に入った。都が桜餅をふるまわれたときに入った部屋だ。以前と違っていたのは、続き部屋を仕切る襖《ふすま》が開いていたこと。二間を合わせると、二十畳近くはありそうなくらいに広かった。

「甘味処はここでやる予定なのよ。天気がよければ庭にもベンチを出してね」

都と陸が座布団の上に腰を下ろすと、向かいの瑠花が教えてくれた。

「実はうちの祖母が昔、ここで華道教室をやっていたのよ」

「だから一成さんも華道を……」

納得してうなずいたとき、一成がお盆であんみつを運んできた。

「こちらは黒蜜です。お好みでどうぞ」

黒蜜が入った容器を座卓の中央に置いてから、一成は瑠花の隣で正座をする。

「高瀬くんが来てくれることになって助かりました。姉ひとりにまかせるのは正直、不安があったもので」

「心配性ねー。大丈夫だって言ってるでしょうが」

「そもそも『ことりや茶房』は……」

「堅苦しい話はあとにしてよ。いただきまーす」

一成の言葉をさえぎって、瑠花がさっさとあんみつを食べはじめる。

顔を見合わせて笑った都と陸も、木製の匙《さじ》を手にしてアイスをすくった。きれいな緑色のアイスを口に入れた瞬間、舌の上がひやりとして、特有の香りが鼻を通り抜ける。

「んー、冷たい！　でもおいしい！」

「抹茶の香りが最高だ……。さすが狭山茶」

「黒蜜もかけてみましょうか」

「そういえば、黒蜜と合わせても美味《うま》いって聞いたなぁ」

都と陸は声をはずませながら、抹茶アイスに舌鼓《したつづみ》を打つ。

一成がつくった抹茶アイスは、濃厚でコクもあるけれど、後味はすっきりしている。

小豆《あずき》の粒を残して炊《た》き上げられたつぶあんに、適度な酸味のキウイとみかん。ほどよいかたさの生クリームは、口の中でなめらかにとろけて、その甘さに癒《いや》される。

梔子《くちなし》の実で色づけされた栗の甘露煮は、素材の風味が生かされていて、色合いもあざやか。嚙《か》めばほろりと崩れる、歯切れのよい寒天の食感も楽しい。甘味処が再開すれば、いつでもこの味を堪能することができるのだ。

「あの、羽鳥さん」

匙を置いた陸が、真剣な面持ちで一成を見据えた。

「俺、がんばって働きますから。どうぞよろしくお願いします！」

陸が頭を下げると、一成も居ずまいを正して「こちらこそ」と答える。

「これからよろしくお願いしますね」

「期待してるわよー、陸くん」

「はい！」

晩秋の折、あらたな仲間を得た「ことりや」であった。

雪の章

【白玉ぜんざい】

Kitakamakura KOTORIYA

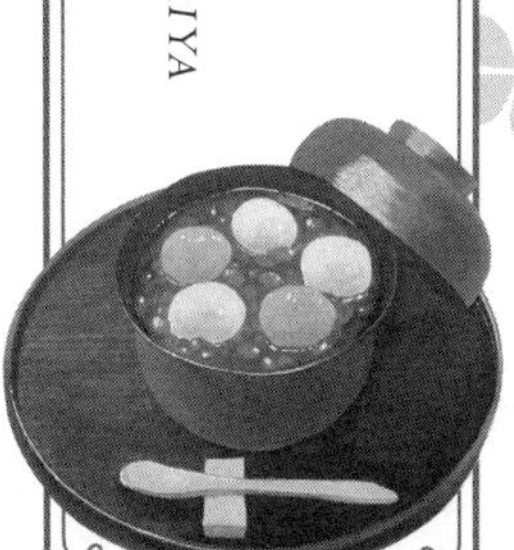

『　将来の夢

五年一組　門倉《かどくら》　都《みやこ》

わたしは和がしが大好きです。

おまんじゅう、おせんべい、大福にようかん。

ねり切りというおかしは、いろんな形や色があって、カラフルできれいです。

わたしのお父さんは、和がしをつくる職人です。

つくるところを見せてもらったとき、わたしはとても感動しました。お父さんの手はゴツゴツしてるのに、あんなにきれいなねり切りがつくれるなんて！

お父さんはもしかしたら、まほう使いなのかもしれません。

わたしも和がしをつくりたいなと言ったら、お父さんは「大人になったら弟子入りするか？」と言いました。

それもいいなと思ったので、わたしは将来、お父さんみたいな職人になりたいです。

そして、いつかはお父さんといっしょに――』

「うわー、寒ッ」

十二月も半ばにさしかかった、ある日の朝。

ベッドから出た秋月《あきづき》都は背中を丸め、二の腕をさすりながら部屋を出た。

暖房はつけていないから、室内は吐いた息が白く見えるくらいに冷えきっている。今日は曇《くも》っているのか、東向きの窓があるというのに、ダイニングキッチンは薄暗い。そのため余計に寒々しく感じてしまう。

東、西、北の三方を山に囲まれ、南は相模《さがみ》湾に面した鎌倉《かまくら》の気候は、比較的おだやかであたたかい。雪もあまり降らないのだが、さすがに冬ともなると気温が下がる。小さく身震いした都は、顔を洗うために洗面所に向かった。軽く身づくろいをしてコートをはおると、ゴミ捨てのために外に出る。

「ひー、寒い寒い」

ゴミ捨て場はすぐそこでも、この時季は億劫《おっくう》でしかたがない。

戻ってきた都は、キッチンに置いてあるハロゲンヒーターの電源を入れた。

エアコンはスライド式のドアで仕切られている寝室にあるのだが、暖房特有のもわっとした空気が苦手で、冬はほとんど使っていない。コタツがほしいなと思うけれど、寝室にもダイニングにも、これ以上の家具を置く余裕がなかった。

ヒーターの前にしゃがんだ都は、おもむろに両の手のひらをかざした。

冷たかった手が、指先からじんわりとあたためられていく。

ほっと息をつくと、気がゆるんだのかお腹《なか》が鳴った。仕事は休みだけれど、今日は午前中にたまっていた家事を片づけ、午後からは出かける予定がある。しっかり食べておかなければと思いながら、都は朝食の支度をするため立ち上がった。

（ゆうべのシチューが残ってるから、ぜんぶ食べちゃおう）

コンロの上にのっているのは、ホーロー製の赤いココット鍋。

三万円近くもする高級品なのだが、夏のボーナスを使って購入した。自分にしてはなかなか思いきったのだけれど、有意義な買い物だったと満足している。

ずっしりと重く、丸みを帯びたその鍋は、評判通りの逸品だった。熱伝導率がよく煮崩れもしにくいし、鍋ごとオーブンに入れて調理も可能。保温性にもすぐれており、熱々の煮込み料理をつくりたいときに重宝している。

鍋の中には、昨夜つくったトマト味のクリームシチューが入っていた。

具材はいまが旬の蕪《かぶ》や白菜、ニンジンに玉ねぎ、そしてぶつ切りにした鶏《とり》モモ肉だ。ホールトマトと牛乳を加え、じっくり煮込んで仕上げている。都は残っていたシチューをあたため直し、お皿に盛りつけた。

このシチューに添えるなら……。

「ご飯よりは、パンだよね」

映えるのはフランスパンだが、あいにくそんなお洒落《しゃれ》なものは、この家には置いていない。都はいつものように、スーパーで買った四枚切りの食パンに手を伸ばした。

先にバターを塗ってトーストすると、パンが焼けるいい香りが鼻腔《びこう》をくすぐる。ほどよく焦《こ》げ目がついた食パンはざっくりと半分に切り分け、ダイニングテーブルに運んだ。椅《い》子《す》を引いて腰を下ろし、両手を合わせる。

「いただきまーす」

ひとり暮らしも、気づけば早八年目。

だれも聞いていなくても、こうして声に出すことは忘れない。

スプーンを手にとった都は、熱々のシチューをすくって口に入れた。

トマトの旨味《うまみ》が溶けこんだシチューが喉《のど》を通ると、お腹のあたりがじわりとあたたかくなった。食べ進めているうちに、冷たかった指先にも熱が行き渡り、今日も一日がんばろうと思えるような活力が湧いてくる。

(今日は洗濯をして、掃除機をかけて……。大掃除もいまから少しずつやっておかないとなぁ。去年はバタバタしちゃって、年内に終わらなかったし)

都は家事代行サービスの会社に所属しており、主に料理をつくるため、顧客の家に派遣されている。今年の春にはじめて定期契約を結び、北鎌倉の羽鳥《はとり》家に通うことになったものの、二軒目の契約はまだとれていない。そのためほかのスタッフのヘルプや事務作業に回ることが多く、料理以外の仕事もこなしている。

年末は大掃除の依頼が増えるので、都も臨時の清掃スタッフとして駆り出されることだろう。クリスマスはパーティー関連の仕事が入るため、しばらくは忙しくなりそうだ。自宅の大掃除は何日かに分け、コツコツと進めておかなければ。

「ごちそうさまでした！」

食事を終えた都は、さっそく作業にとりかかった。

手早く皿洗いをすませて洗濯機を回し、その間にお風呂を掃除する。普段はシャワーを浴びるだけなのだが、今日はかなり寒いので、ゆっくりお湯につかりたい。

浴槽がきれいになると、洗面台の排水溝も掃除した。

ぬめりをとって気分も爽快《そうかい》。満足したとき、洗濯物の脱水が終わる。

（乾燥機があれば楽なんだけどねー）

いま使っているのは、単身向けのシンプルな洗濯機だ。もちろん乾燥機能などついていない。買ってからもうすぐ八年になるが、まだまだ壊れる気配はなさそうだ。

「うーん。雨は降らなそうだけど……」

ベランダに出ると、空は灰色の雲で覆《おお》われていた。

休日に洗濯をしたときは、下着以外を外に干すことが多い。今日は室内にしておこうかと考えたけれど、少し風にあてたかったので外干しにする。出かけるまでに乾かなかったら、室内に干しておけばいい。

(よし終わり！　あとは掃除機をかけて……)

――と思ったのだが、まだ時間に余裕がある。

いまのうちに、クローゼットの中も片づけておこう。都はベランダから寝室に戻り、クローゼットの扉を開けた。洋服はさほど多くないのだが、それ以外の荷物でぎゅうぎゅうになっている。これ以上増えると収拾がつかなくなりそうだ。

気合いを入れて片づけをしていると――

「ん？」

奥のほうに押しやっていた箱の中には、小五のころ、国語の授業で書いた作文が入っていた。昔を思い出すような品々は、ひとり暮らしをするときいったん整理したのだが、すべてを処分したわけではない。どうしても捨てられなかったものは箱に詰め、いまでもクローゼットの奥深くで眠らせている。

「将来の夢か……」

眼鏡の位置を直した都は、作文に視線を落とした。

『わたしは和がしが大好きです』

久しぶりに読み返した作文は、和菓子への純粋な愛と、父に対する尊敬の気持ちであふれていた。そういえばこのころは、大人になったら父に弟子入りして、和菓子職人になりたいと思っていたのだ。

(そしていつかは、お父さんと一緒にお店に立ちたくて……)

当時のことを思い出すと、いまでも胸がぎゅっと締めつけられる。

この作文を書いたころ、山梨にある父の店は、すでに経営がかたむきはじめていた。父と母は経営方針をめぐって対立するようになり、言い争うことが増えていく。それから一年あまりの間、都はケンカを繰り返す両親の姿に心を痛め続けた。

ようやく離婚が成立したのは、都が小学校を卒業した直後のこと。

両親の信頼関係が壊れてしまい、修復も不可能だということは、それまでの一年で嫌というほど理解した。だからいざそのときが来ると、悲しみよりも安堵《あんど》の気持ちのほうが大きかったと思う。これでもう、ふたりがいがみ合う姿を見なくてもすむのだと。

ため息をついた都は、原稿用紙を元通りに折りたたんだ。

（結局、夢は実現しなかったな）

作文を書いたときの自分が知ったら、きっとがっかりするだろう。

両親の離婚後、母に引きとられた都は、父の家を出て東京に移り住んだ。

離婚してからも父とは何度か会っているのだが、店には一度も行っていない。両親の関係に亀裂《きれつ》が入ったのは、あの店と和菓子が原因だった。そのせいで、都はすっかり和菓子が苦手になってしまったのだ。だから嫌な思い出が染みついているあの店にも、足を向ける気にはなれなかった。

当然、和菓子職人になりたいという夢もしぼんでしまって――

けれども父は、いまでもあの店の小さな厨房《ちゅうぼう》で和菓子をつくり続けている。

「そういえば、しばらくお父さんと会ってないな……」

ぽつりと言葉がこぼれ落ちる。

父は山梨、母は東京、そして都は神奈川。住む場所は別々になったけれど、母とは定期的に連絡をとり合い、最低でも年に一度は顔を合わせている。

父にも毎年、お正月に電話をしているので、連絡は途絶えていない。しかしお互い、仕事の忙しさを言いわけにして、もう三年ほど会っていなかった。父のことは決して嫌いではないのだが、離婚後はぎくしゃくしてしまっている。

（もうすぐ年が明けるし、そのときに電話しよう）

そして新年の挨拶《あいさつ》がてら、食事にでも誘ってみようか。でも、どんな話をすれば……。

ぼんやりと考えていた都は、はっと我に返った。

気がつけば手が止まっている。午後から出かける予定があるのだから、はやく片づけて掃除機をかけなければ。作文はこの機に処分しようかと思ったものの、やはり手放す気にはなれず、箱の中にそっと戻す。

（これだけはなぜか、昔から捨てられないんだよね）

理由はなんとなくわかっている。これはおそらく、ある種の未練なのだろう。

箱のフタを閉めた都は、ふたたびそれをクローゼットの奥へと押しこんだ。

十四時過ぎ、都はアパートをあとにした。

大船《おおふな》駅から電車に乗って、北鎌倉駅の西口から外に出る。

駅から伸びる線路は、鎌倉五山の第二位、円覚寺《えんがくじ》の境内《けいだい》を横切っている。二本の石柱と階段のところからではなく、駅のすぐそばにある左右対称の池、白鷺池《びゃくろち》も境内の一部なのだ。この池に面した車道を南下していくと、鶴岡八幡宮《つるがおかはちまんぐう》にたどり着く。

途中には鎌倉五山の第一位、建長寺《けんちょうじ》があるのだが、北鎌倉駅から歩くと十五分ほどかかる。バスも通っているので、体力を温存するならそちらを使ったほうがいいだろう。坂道もあるため、夏場に歩いたときは大変だった。

(うう、寒い。はやく行こう)

午後になっても、空はあいかわらず曇ったままだ。

冷たい風が頬《ほお》を撫《な》で、身震いした都は足早に歩きはじめた。

しばらく歩いているうちに到着したのは、仕事先のひとつである花桃屋敷《はなももやしき》。しかし今日は、仕事ではなくプライベートの訪問だ。塀に沿って裏に回った都は、開いていた門から敷地内に入った。裏庭に建つ「ことりや」の菓子工房に向かう。

「わぁ……！」

平屋の菓子工房の前まで来たとき、都は思わず声をあげた。

引き戸のすぐ横にとりつけてあるのは、縦長の大きな日除け幕。帆布《はんぷ》でつくられたその幕は、店主である羽鳥一成《いっせい》の好みが反映された若竹色だ。幕には「ことりや茶房《さぼう》」という文字と、鳥をモチーフにしたシンボルマークが白く染め抜かれている。

ブラックボードの立て看板には、イラスト入りのお品書きが記されていた。とてもお洒落な絵なのだが、いったいだれが描いたのだろう？

玄関の横に飾られた、みごとな胡蝶蘭《こちょうらん》の鉢植えは、お祝いに贈られた品のようだ。

立札には「高瀬《たかせ》」と書いてあるけれど、鎌倉山《かまくらやま》の高瀬家だろうか。あのお屋敷の大旦那《だんな》夫妻は「ことりや」を贔屓《ひいき》にしているから、可能性は高い。

「あっ、そうだ。招待状!」

都はバッグの中から、白い封筒をとり出した。これがなくても、都なら入れてもらえるだろうが、せっかくもらったのだからと持ってきたのだ。インターホンは鳴らさなくてもいいと言われたので、引き戸を開ける。

(うわー。ちょっと遅かったかも)

オープン型の靴箱はいっぱいで、ほとんどあいていなかった。座敷のほうからは、複数の話し声が聞こえてくる。どうやら盛況のようだ。

「あら、都ちゃん! いらっしゃい」

「こんにちは、瑠花《るか》さん。お招きいただきありがとうございます」

廊下の奥から近づいてきたのは、一成の姉、羽鳥瑠花だった。

今日から再開した「ことりや茶房」の女将《おかみ》でもある彼女は、紫がかった淡いピンクの着物を身にまとっている。華やかな印象を与える柄は、吉祥文様《きっしょうもんよう》の松竹梅《しょうちくばい》だろうか。あらたな門出を祝うにはぴったりの柄だ。

「このたびは甘味処《どころ》の再開、おめでとうございます」

「ありがとう。これで来月の取材が受けられるわ」

機嫌よく答えた瑠花が、にっこり笑った。

長らく休業していた甘味処を再開させると決めてから、一か月あまり。瑠花たちは着々と準備を進め、ついにこの日を迎えたのだ。鎌倉の隠れ家カフェを紹介するという番組の取材に間に合わせるためだったが、これなら問題なく受けられるだろう。

甘味処の再開を世間に知らせ、よい宣伝にもなる。一石二鳥だ。

「どうぞ上がって。今日はまりなも来てるわよ」

「まりなちゃん！　夏休み以来ですね」

「土曜だから学校は休みでしょ？　学校のお友だちと一緒に行きたいって言うから、私が連れてきたのよ」

履《は》いてきた靴をしまってから、都は瑠花のあとに続いて座敷に向かった。

甘味処「ことりや茶房」の店舗は、菓子工房の中にある二間続きの和室だ。

畳《たたみ》が敷き詰められた部屋には長方形の座卓が並び、人々がお茶と甘味を楽しみながら談笑している。集まったのは一般のお客ではなく、一成が招いた「ことりや」の顧客だ。彼は都にも招待状をくれたので、お祝いを伝えたくて来店した。

（あっ、大旦那さまと大奥さまだ！）

赤い山茶花《さざんか》が活《い》けられた床の間の近くには、一度だけ会ったことのある、高瀬家の大旦那夫妻が座っていた。すでに政界からは引退したので、悠々自適な老後を過ごしているのだろう。向かい合って優雅にお茶を飲んでいる。

瑠花のひとり娘、まりなの姿も見つけた。同じテーブルにいるふたりの女の子が、友だちのようだ。都に気づいたまりなは、嬉《うれ》しそうな表情で手をふってくれた。子どもは彼女たち三人だけで、あとは中年から老年の女性が多い。

「盛況ですねえ」

都の言葉に、瑠花が「そうでしょう」と得意げに胸をはる。

「一成曰《いわ》く、菓子工房のお得意様は、甘味処のファンでもある方が多いんですって。だから再開の知らせを聞いて、駆けつけてくださったのよ。明日からは一般のお客さんも受け入れることだし、繁盛してほしいわね」

「きっとまた人気になりますよ。一成さんの和菓子は最高ですから」

「儲《もう》かったら都ちゃんを指名して、うちにも食事をつくりに来てもらいたいわぁ。私、昔からお料理って苦手なのよ。でもまりながいるから、適当にすませるわけにもいかなくてね。だから週一でも頼めればいいなって」

「ええ、ぜひ。お待ちしてます」

瑠花に案内されたのは、縁側に近い座卓だった。

「今日はお披露目の会だから、お出しするものは決まっているのよ」

都が座布団の上に正座をすると、瑠花が言う。

「お品書きから選ぶことはできないけど、それでもいい？」

「もちろんです」

この会を主催したのは、「ことりや」の若旦那こと一成だ。今日のお客はすべて、彼が招いた人々である。再開祝いということで、これまでの感謝をこめて、自慢の甘味をふるまうそうだ。お代もいらないらしく、とてもありがたい。

「すぐに用意するから、少し待っててね」

「はい」

瑠花の姿を見送ってから、都は縁側のほうに視線を移した。

座敷と縁側を仕切る障子《しょうじ》は閉められているが、下半分はガラスなので、そこから裏庭が見える。赤い毛氈《もうせん》が敷かれたベンチが置いてあったけれど、さすがにいまの時季は人がいない。代わりにいたのは三毛猫の桃《もも》で、人間がいないのをいいことに、ベンチの上でのんびりと毛づくろいをしていた。

（源《げん》が見あたらないけど、家の中かな？）

都の脳裏に、ぽっちゃりとした三毛猫の姿が思い浮かぶ。

あのオス猫は寒がりだから、室内でぬくぬくとしているのだろうか。

そんなことを考えていると――

「お待たせしました」

ふいにかけられたその声は、瑠花のものではなかった。

はっとしてふり向くと、そこにいたのは紺《こん》色の作務衣《さむえ》に袖《そで》を通した青年だった。丈の短い前かけをつけ、黒い丸盆を手にしている。

「都さん、来てくれたんだ」

「今日は仕事が休みだから。陸《りく》くん、そういう格好も似合うね」

「ありがとうございます。前にバイトしてた店もこんな感じだったけど、動きやすくていいですよ。一成さんは頑として着物だけど」

「意外に頑固だよね、あの人」

都がこっそり口に出すと、陸は人なつこい表情で「たしかに」と笑った。

高瀬陸は、甘味処のバイトとして雇われた大学生だ。彼を一成と瑠花に紹介したのは都なのだが、仲よくやれているようでほっとする。陸は人あたりがよく、親しみやすい性格だから、接客業には向いていそうだ。

「大旦那さまたちもいらしてるね」

「平静を装ってたけど、一成さんから招待状をもらって上機嫌でしたよ」

膝《ひざ》をついた陸が、漆《うるし》塗りの丸盆を座卓に置いた。

お盆の上にのっているのは、フタが閉じられた朱色のお椀《わん》だ。

「俺がバイトをすることにも渋い顔してたくせに、『ことりや』の甘味処だって知ったとたんに『がんばりなさい』ですよ？　手のひら返しかよって」

「あはは。孫のバイトも許しちゃうくらいにお気に入りなんだね」

陸は高瀬家の直系で、大旦那夫妻の令孫《れいそん》だ。そのため敬語を使っていたのだが、陸のほうから「都さんのほうが年上だし、タメ口でいいですよ」と言われたのだ。固辞するのもどうかと思ったので、それ以降はフランクに接している。

「都さん、外の胡蝶蘭は見ましたよね？」

「うん、すごく立派だった。あれは大旦那さまからの贈り物？」

「そうなんですよ。お祝いには胡蝶蘭一択ってところが、政治家っぽいというか。懇意《こんい》にしてる花屋があるんですけど、はりきってそこに注文を――」

言いかけた陸の右肩が、背後からぽんと叩かれた。

「陸くーん、いつまで油を売ってるのかな?」

「きょ、恭史郎《きょうしろう》さん! いやそのこれは」

「ほらほら、新しいお客さんが来てるよ。若者はキリキリ働くべし」

「はいっ!」

はじかれたように立ち上がった陸が、席についたお客のもとにすっ飛んでいく。

その姿をさわやかな笑顔で見送ったのは、「ことりや」の裏方を担《にな》う各務《かがみ》恭史郎だ。経営はもちろん、事務や経理、営業もこなす彼がいなければ、この店はあっという間につぶれてしまうに違いない。

「あー疲れた。ちょっと休憩させてね」

ネクタイをゆるめた恭史郎が、都の向かいに腰を下ろした。片膝を立て、お世辞にも行儀がいいとは言えないのに、不思議と不快な気分にはならない。むしろ、正座よりも似合うと思わせてしまうような雰囲気があった。

「恭史郎さん、もしかして今日もお仕事なんですか?」

「至急の配達依頼があったんだ。東京まで届けに行って、いま帰ってきたんだよ」

「それは大変でしたね。お疲れさまです」

「依頼主には感謝されたからよかったよ。また頼みたいとも言われたし。大口注文だったから、これを機に常連になってくれると嬉しいな」

　不真面目でゆるいところもあるけれど、恭史郎は一成と同じく、お客のためなら手間も時間も惜しまない。そのうえ紳士的で、女性には特に優しく、物腰もやわらかい。そういうところが、お客の心をがっちりつかんでいるのだろう。

「それはそうと、都ちゃん」

「はい？」

「あたたかいうちに食べたほうがいいと思うよ？」

　恭史郎の視線は、座卓の上のお椀にそそがれている。

　あわててフタを開けた瞬間、中から白い湯気がふわっと立ちのぼった。同時に鼻先をくすぐる、小豆《あずき》の甘く優しい香り。

「わぁ……！」

　大きく目を見開いた都は、その甘味に釘づけになる。

　お椀の中に入っていたのは、白玉を使ったぜんざいだった。

　都の個人的な感覚では、粒のあるなしにかかわらず、小豆を煮たものを使った汁はどちらも「おしるこ」だ。しかし関西や九州などでは明確に区別しているようで、つぶあんのほうを「ぜんざい」と呼んでいるとか。

「ピンクの白玉だ。可愛《かわい》い！」

つぶあんをたっぷり使ったぜんざいに入っているのは、五つの白玉。

その中のふたつは食紅《しょくべに》を混ぜたのか、ピンク色に染まっている。ただそれだけのことなのに、白一色よりも華やかで、可愛らしさも大増量だ。

「甘味処の復活を祝して、縁起のいい紅白にしたんだってさ」

恭史郎が微笑《ほほえ》みながら教えてくれる。

「白玉をつくったのも、小豆を煮てぜんざいに仕上げたのも、もちろん一成くんの手仕事だよ。寒い中、わざわざここまで来てくれたお客さんに感謝をこめてね。帰り際に渡す和菓子のお土産《みやげ》も用意したって言ってたな」

「そうなんですか？　楽しみです」

木製の匙《さじ》を手にした都は、白玉と小豆をすくって口に入れた。

白玉粉と水を使ってこね上げた団子は、適度な弾力があって、もっちりとした食感が楽しめる。白玉そのものがほのかに甘いから、水の代わりに甘酒を混ぜているのかもしれないと思った。酒粕《さけかす》ではなく、米麹《こめこうじ》を使ったものならアルコールは含まれていないので、お酒が一滴も飲めない人でも安心だ。

「はー、おいしい……」

小豆はしっかり渋《しぶ》きりをされているため、余計な苦みや雑味は残っていない。ここをおろそかにすると、あんこの仕上がりに大きな影響が出てしまうのだ。そのあたりに、職人と素人《しろうと》の決定的な違いがあらわれる。

風味豊かなつぶあんは、しつこくない上品な甘さ。小豆の質にもこだわっているのだろうが、その魅力をどこまで引き出せるかは、つくり手の技量次第だ。一成が仕上げたぜんざいは、家庭の素朴《そぼく》なおやつとは一線を画した、まさにプロの味わいだった。

(体もポカポカあたたまる……)

「やっぱり冬はこれに限るな」

「若旦那さんのぜんざいは、一度食べたらやみつきになるのよねえ」

隣の座卓から、老夫婦の幸せそうな会話が聞こえてくる。

都がぜんざいに舌鼓《したつづみ》を打っていると、一成が座敷に入ってきた。

彼はいつもの仕事着ではなく、前に見たことのある松葉色の着物に羽織を合わせた装いだった。一番の賓客《ひんきゃく》と思《おぼ》しき高瀬家の大旦那夫妻の前で正座をし、頭を下げて挨拶をしてから、ほかの座卓を回っていく。

「一成さん、堂々としてますね。カッコいい」

「普段は菓子工房に引きこもってるけど、やるべきときはやる男だからね」

恭史郎の言葉には、一成に対する信頼感がにじみ出ている。

一成もなんだかんだ言いつつ、恭史郎を頼りにしているのだろう。

「これから忙しくなりますね」

「そうだね。でも、都ちゃんがおいしい食事をつくってくれたら、俺も一成くんもがんばれると思うよ。だから、今後ともよろしく」

あらためて言葉にされると、嬉しくて心がはずむ。

自分がつくった料理を、必要としてくれる人がいる。それはとても幸せなことだ。

表情をゆるめた都は、「こちらこそよろしくお願いします」と微笑んだ。


それから半月ほどが経過した、一月二日。

年始の休暇を利用して、都は東京のはずれにある母の家をたずねた。

「お母さん、明けましておめでとう」

「はい、おめでとう」

「今年もよろしくお願いします」

「はいはい、こちらこそー。元気そうでよかったわ」

「お母さんもね。なんだか前に見たときより若返ってない？」

「あら嬉しい。今年は特別にお年玉あげちゃおうかしら」

玄関先で挨拶をかわしてから、都は「お邪魔しまーす」と言って靴を脱いだ。

都の母、堤和香子《つつみわかこ》の住まいは、駅から徒歩五分のところにあるマンションの二階だ。看護師の母がここに引っ越したのは、昨年の四月。通勤時間を短縮させるため、勤務先である総合病院の近くに移り住んだのだ。転居して半年以上が過ぎていたが、都がこの家をおとずれるのは、はじめてのことだ。

賃貸ではなく購入だから、老後も住む気でいるのだろう。

築十七年の中古だそうだが、瀟洒《しょうしゃ》で落ちついた雰囲気のマンションだ。

「道はわかった？」

「うん。いいよねー、徒歩五分！　うちなんて十五分もかかるよ」

「そういえば、都のアパートはちょっと遠かったわね」

「慣れればたいしたことないんだけどね。いい運動になるし」

コートを脱いだ都は、母の案内でリビングに向かった。中に入ると、対面式のキッチンに立つ中年男性が顔を上げる。背は高いが痩《や》せ気味で、眼鏡をかけたその人は、都の姿を見て表情をほころばせた。

「いらっしゃい。よく来たね」

「ヒデさん、明けましておめでとうございます」

母の再婚相手である堤秀敏《ひでとし》は、柔和な笑顔で「おめでとう」と返してくれた。

ふたりが籍を入れたのは、いまから六年近く前のこと。彼は母より十歳下だから、今年で四十五歳になるはずだ。年相応に老けてはいるが、おだやかで優しい雰囲気は、はじめて会ったときから変わっていない。

入籍にともない、母は苗字を変更したが、都は成人していたので関係なかった。そのため現在も、母の旧姓である秋月のままだ。父の苗字は門倉だから、三人とも異なる姓を名乗っている。少しさびしい気もするけれど、致し方ない。

「おせちとお雑煮《ぞうに》、たくさんあるから食べてくれると嬉しいな。都ちゃんが来るって、和香さんから聞いてね。はりきってつくりすぎちゃったんだよ」

「お正月って感じでいいですねー。わたし、まだどっちも食べてなくて」

「よしきた。お雑煮はすぐにあたためるから、ちょっと待っててね」

そう言った秀敏は、うきうきした様子でコンロの火をつける。

（あいかわらずだなぁ、ヒデさんは）

小さく笑った都は、リビングのほうに視線を移した。

キッチンカウンターの向こう側には、ダイニングセットと食器棚。カントリー風の食器棚は、都が母と一緒に暮らしていたころから使っているものだ。高級な家具というわけでもないのだが、いまだに大事にしているのかと思うと、やはり嬉しい。

「あ、コタツだ」

「うふふ。冬に備えて買っちゃった」

リビングを占拠していたのは、冬の風物詩とも言える暖房器具だった。

ソファもあったが、おそらくこの時季は使われていないだろう。お客（都のことだ）の目があるからきれいに片づけられているが、母の性格からして、普段は物置きと化していると思われる。

「私、暖房って苦手なのよね。もわっとして」

「わかるわかる！　なんかこう、息苦しい感じになるっていうか」

「こまめに換気すればいいのかもしれないけどねえ」

「冬は寒くて、なかなかねー……」

他愛のない話をしながら、都はコタツの前で腰を下ろし、布団の中に足を入れた。冷えきっていた足の指先が、ヒーターの熱でじんわりあたたまっていく。寒さでこわばっていた体もほぐれ、都はほうっと息をついた。

「いいなあ、コタツ。わたしもほしい」

「買えばいいじゃないの。ボーナスもらったんでしょ？」

向かいに座った母が、急須で湯呑《ゆの》みにほうじ茶をそそいでくれる。

「もらったけど、夏にホーロー鍋買っちゃったんだよね。冬のボーナスは貯金に回したいし、そもそもコタツ買っても置く場所ないし」

「都の部屋、寝室よりもダイニングのほうが広いもんねえ」

「でもいまのアパート、気に入ってるから。引っ越すつもりはないけどね」

母が淹《い》れてくれたお茶を飲みながらまったりしていると、キッチンのほうからお餅《もち》が焼ける香りがただよってきた。ややあって、湯気立つお椀をのせたお盆を手に、秀敏がこちらに近づいてくる。

「お待たせ。熱いから気をつけて」

「ありがとうございます。いい香り……！」

「いまおせちも持ってくるからね。今年はちょっと凝《こ》ってみたんだ」

目の前に置かれたお雑煮を見たとたんに、お腹がすいてきた。お昼は秀敏がごちそうを出してくれるとわかっていたので、朝食は控えめにしたのだ。発泡酒ではないビールもふるまわれ、まさに至れり尽くせりだ。

秀敏がつくってくれたお雑煮は、角餅にすまし汁を合わせた関東風。

重箱に入ったおせちは、都の好みに合わせたかのような、華やかな洋風だった。

「ヒデさんすごい！　おせちもお洒落！」

「レシピは料理本にのってたんだよ。盛りつけは動画を観《み》たりして」

「動画かー。わたしもちょっと研究してみようかな。料理は見た目も大事だし。参考に写真撮ってもいいですか？」

都はスマホで写真を撮影してから、洋風おせちに手をつけた。

「あ、このテリーヌおいしい。これはどうやってつくったんですか？」

「ああ、それはね……」

秀敏は料理が趣味なので、その手の話はとてもはずむ。料理が不得意な母は、話に加わることはなかったが、盛り上がる都と秀敏の姿を笑顔でながめている。

(前は緊張してたけど、今日はリラックスして話せてるなぁ)

ケアマネジャーとして働く秀敏は、大学に入ったときから母と結婚するまで、ずっとひとり暮らしをしていたそうだ。家事が得意で面倒見もよく、都に対しても友好的に接してくれる。少々気弱なところもあるけれど、強気の母がカバーするので大丈夫だろう。だから安心して、彼に母をまかせることができたのだ。

再婚してすぐ、母はそれまで暮らしていたアパートの部屋を引き払い、秀敏が住むマンションに引っ越した。何度か遊びに行ったものの、なぜかいつもそわそわしてしまい、長居をしたい場所ではなかった。

しかしいまは、不思議と居心地がいい。

——ああ、そうか。

あらためてリビングに目を向けたとき、その理由がわかった。

ここは前の家とは違って、随所《ずいしょ》に母の気配を感じるのだ。

あのマンションは、秀敏が就職してからずっと住んでいた場所だった。それゆえ彼の気配を色濃く感じてしまい、心が落ちつかなかったのだろう。

一方この新居は、母と秀敏が相談し、お互いに納得して選んだ家だ。家具や小物の中には、母の好みが反映されたと思しきものがたくさんある。母が好きな色のカーテンに、都との思い出がつまった食器棚。もちろん秀敏の気配も感じるけれど、以前のように強すぎることはなく、母のそれと自然に調和していた。

「そうだ。和香さん、ご飯を食べたらみんなで初詣《はつもうで》に行こうよ」

「あらいいわね。運試しにおみくじも引きたいわー」

「おみくじは危険だよ。正月から凶なんか出たら立ち直れない……」

「心配性ねえ。そんなに深刻にならなくてもいいでしょ。お遊びよ、お遊び」

コタツに入って肩を寄せ合い、仲睦《むつ》まじく話すふたりの姿は微笑ましい。すっかり夫婦としてなじんでいる。離婚で苦労をしたこともあっただろうが、現在の母が幸せに暮らしているのなら、娘としても嬉しい限りだ。

キャビネットの上のフォトフレームには、母と秀敏の写真に加え、都を写したものも飾られていた。そこに異物感は少しもなく、心がほんわりとあたたかくなる。

（この家なら、もっと頻繁《ひんぱん》に遊びに来てもいいかも……）

都は中学に入ったときから高校を卒業するまで、母とふたりで二DKのアパートに住んでいた。先に出ていったのは自分のほうだが、いざとなったら母のもとに戻ればいいという、甘えにも似た安心感があったと思う。

しかし母はあらたな伴侶《はんりょ》を得て、都は帰る場所を失った。

母があのアパートを解約したとき、もう逃げ帰る家はないのだと、心細くなったことを憶《おぼ》えている。そして、これを機にしっかり自立しなければとも思った。あれから六年近くが経過したいまは、焦りやさびしさも薄れ、ひとり暮らしを楽しむ余裕もある。

親といえども、いつまでも守ってもらうわけにはいかない。

母には母の人生があり、幸せがあるのだから。

その上で、たまにはこうして会い、おいしいものを食べながら話をする。

母や秀敏とは、これからもこんなつき合いを続けていきたい。

お雑煮とおせちを食べ終えると、ふいに母が口を開いた。

「そういえば都、仕事のほうはどうなの？　順調？」

「うん。あいかわらず下っ端だけど、楽しいよ。社長も社員さんもいい人だし」

手を止めた都は、笑顔で答える。

「最近は業績もいいみたいで、お給料もちょっぴりアップしたんだ」

「あら、よかったじゃない。家事代行ってけっこう需要があるのかしら。いまは共働きのほうが多いし、フルタイムだと家事する時間もないものね。無理して体でも壊したら、それこそ大変だもの」

「先月は大掃除プランが大人気だったよ。わたしもヘルプに駆り出されて」

「大掃除！　あれ、面倒なのよねー。ベッタベタな換気扇《かんきせん》の掃除とか、お風呂のカビとりとか！　かといってほっとくわけにもいかないでしょ？　お金に余裕があれば、うちもお願いしたいくらいよ」

（実感がこもってるなあ）

母と秀敏も共働きのため、家事は分担しているらしい。

食事づくりや買い出しは秀敏が担当し、母は掃除や洗濯を行っているとか。夫はおろか彼氏もいない都は、そのすべてをひとりでやっているのだけれど。

「そうそう！　ついに自力で定期契約もとれたんだよ」

「第一号？」

「うん。しかもわたしを指名してくれて」

母の表情がぱっと輝いた。「おめでとう！」と拍手してくれる。

「さすがだわ。この調子でカリスマ家事代行人をめざしなさい」

「あはは。テレビに出てる人みたいな？」

「そしてある日、派遣されたお屋敷で謎の事件が……！」

「それはドラマの観すぎです」

いまの会社に採用されて、最初にかかげた目標は達成された。

今年は引き続き料理の腕を磨きつつ、契約数を増やしていきたい。そしてなにより、自分の能力を買ってくれた一成と恭史郎に、満足してもらえるような食事をつくる。それがあらたな目標だ。

「定期契約の仕事先って、北鎌倉にある大きなお屋敷なんだけどね。ちょっと浮世離れした感じの、着物が似合う若旦那さんがいて──」

言いかけた都は、「あっ」と声をあげた。

かたわらに置いていた紙袋を引き寄せると、中から長方形の箱をとり出す。

「お年賀持ってきたのに、渡すの忘れてた。えーと、こちらはほんの気持ちです」

「あらまあ、ご丁寧に。嬉しいけど、どういう風の吹き回し？」

熨斗《のし》紙がついた箱を受けとった母が、不思議そうに首をかしげる。

訪問の際、手土産を持参することはあっても、このようにかしこまった渡し方をしたことはなかった。母が面食らうのも無理はない。

「ところでこれ、なにが入ってるの？　食べ物かしら」

「和菓子だよ。どら焼きが五つ」

「どら焼きですって……!?」

思いもよらない答えだったのだろう。母は大きく目を見開いた。

これまで母に渡した手土産は、クッキーなどの洋菓子だけ。和菓子を選んだことは一度もなかった。それなのに、今回は一転して和菓子を持ってきたのだ。いったいどんな心境の変化があったのかと、母の目が問いかけてくる。

「都……。あなた、和菓子は苦手じゃなかったの？」

「去年まではね」

大好きだった和菓子が苦手になったのは、離婚する前の両親が、店で販売する和菓子をめぐって衝突を繰り返していたからだ。和菓子を見ると、あのとき感じた嫌な気持ちを思い出してしまうため、好んで食べることはなくなった。

おそらく母も、同じ気持ちだったのだろう。離婚してからしばらくは、意図的に和菓子を避けていた気がする。しかし食べ物に罪はないと思い直したのか、一年もたてばふたたび口にするようになっていた。

(でもわたしは、お母さんみたいに気持ちを切り替えられなくて……)

和菓子を食べても、昔のように心の底から「おいしい」と感じることができなくなってしまったのだ。そのことに気づいてからは、みずから和菓子に手を伸ばそうとはしなくなり、洋菓子を好むようになっていた。

「だけどね。ある人のおかげで、また和菓子が好きになれたんだ」

「ある人?」

「さっきちらっと話したでしょ?　北鎌倉の若旦那さん」

都の脳裏に浮かんだのは、菓子工房で真摯《しんし》に和菓子と向き合う一成の姿。

「桃源郷《とうげんきょう》みたいなお屋敷の中に、『ことりや』っていう和菓子の工房があってね。お母さんに渡したどら焼きは、若旦那さんがつくったんだ」

「……」

「ほんとは桜餅にしたかったんだけど、いまの時季は売ってなくて」

両親の不仲を加速させた、因縁《いんねん》の桜餅。

それはまるで呪いのように、いつまでも都の心に影を落とし続けた。

数ある和菓子の中でも特に苦手で、あれだけは何年たっても、口にすることができずにいたのだ。しかし心の奥底では、おいしく味わいたいと渇望していた。父にあこがれ、将来は和菓子職人になりたいと思っていた、あのころのように。

そんなときに出会った一成は、都にまとわりつく桜餅の呪いを解いてくれた。

桜餅にまつわる苦い記憶を、幸福なひとときで塗り替えてくれたのだ。

『よかったら、桜餅をつくるところを見学してみませんか?』

誘いを受けた都は、神聖な厨房に足を踏み入れた。

そして桜餅ができる過程を見せてもらっているうちに、子どものころの幸せな記憶がよみがえったのだ。美しい和菓子を生み出す父を、幼い自分は魔法使いのようだと思ったけれど、一成もそうだったのか。そんなことを本気で思った。

『わたし、羽鳥さんのお菓子を食べてみたいです』

みずから手を伸ばし、一成がつくった桜餅を口にした瞬間――

都はついに、長年の呪縛から解き放たれたのだ。

「若旦那さん——一成さんの桜餅は、わたしに和菓子の魅力と、そのおいしさを思い出させてくれたんだ。だからお母さんとヒデさんにも、『ことりや』の味を知ってもらいたくて。お正月に持っていくって言ったら、熨斗をかけてくれたってわけ」

「そうだったの……。じゃあ、私もその方に感謝しないと」

箱から顔を上げた母が、少し気まずそうな表情で言う。

「都が和菓子をおいしく感じることができなくなったのは、私とお父さんのケンカが原因でしょう？　だれだって、親がいがみ合うところなんて見たくないわよね。それなのに嫌な思いをさせて、ほんとにごめんなさい」

都に向けて頭を下げた母は、「実を言うとね」と続けた。

「私もずっと、そのことが気にかかってたの。あなた、お父さんの家を出てから和菓子を食べたがらなくなったじゃない？」

「うん……。やっぱり気づいてたよね」

「最初は私に気を遣ってるのかと思ったけど、食べたいのに我慢してる感じでもなかったし……。でも、面と向かってそんなことは訊《き》けなくてね。だから今回、いろいろ話してくれてよかったわ。ありがとう」

「お母さん……」

「あなたのお父さんとはうまくいかなかったけど、私、あの人がつくる和菓子は好きなのよ。あれこれ口を出したのも、大事なお店を守りたかったからだもの。ここ何年かは春が来るたびに、『かどくら』の桜餅が食べたくなるし」

なつかしそうに言う母の表情はおだやかで、父に対する憎しみは感じられない。

離れてから長い時間がたち、あらたな伴侶も得た母は、自分の人生を謳歌《おうか》している。かといってその心から父が消えたわけではなく、過去の思い出として整理され、しかるべき場所におさまったのだろう。だからもう、乱されはしない。

ふたたび箱を手にした母が、にっこり笑った。

「じゃあこれ、さっそくいただきましょうか。そのあとに初詣ってことで」

「僕はお茶を淹れてくるよ。どら焼きなら緑茶かな」

「あ、ヒデさん！　わたしも手伝います」

新年にふさわしい晴れ晴れとした気持ちで、都はコタツの中から抜け出した。

「都ちゃん。やっぱり一成くん、昼食はいらないってさ」

松の内も過ぎ、年始のムードもすっかり薄れた一月下旬。

花桃屋敷の台所で、都がいつものように仕事をしていると、暖簾《のれん》をめくった恭史郎が顔をのぞかせた。スーツの上から上質そうなビジネスコートをはおっているので、これから出かけるのだろうか？

もうひとりの住人である一成とは、今日はまだ会っていない。

菓子工房で仕事をしているのかと思いきや、母屋《おもや》の自室にこもりきりのようだ。

（部屋にこもって、ご飯も食べない……？）

「あの……。もしかして、一成さんは体調が悪いのでは？」

「いや、病気じゃないから大丈夫。とはいえちょっと心配だよな」

あごに手をあてた恭史郎が、ぽつりと漏《も》らす。

「もう三日くらい、ろくに食事もしてないみたいだし……」

「三日⁉」

都はぎょっとして目をむいた。それは明らかに異常ではないか！

ここには毎日通っているわけではないので、自分が不在の間に、一成の身になにかが起こったのだろうか。彼と最後に会ったのは四日前だが、そのときは特に異変もなく、都がつくった昼食をもりもり平らげていた。

それなのに、なぜそんなことに……!?

「まともな食事はとってないけど、飲まず食わずでもないからね」

うろたえる都を安心させようとしたのか、恭史郎がフォローを入れる。

「ゼリー飲料とかシリアルバーとか、そういうものは食べているみたいだよ。考えごとに没頭しているときに食事がおろそかになるのは、一成くんの悪いクセでね」

「考えごと……ですか」

「ああ。実は先日、『ことりや』に創作和菓子の依頼があって――」

北鎌倉の小さな菓子工房に、まだ若いが腕はたしかな職人がいる。

そんな噂《うわさ》を聞きつけて、依頼主は「ことりや」に足を運んだ。そして一成に、自分が亭主をつとめる茶会で出すための主菓子《おもがし》を注文したそうだ。

「主菓子っていうのは、濃茶《こいちゃ》に合わせるお菓子のことだよ。練り切りや金団《きんとん》みたいな、品があって芸術的な上生菓子が好まれているね。これを依頼主の注文に合わせて、希望通りにあつらえるのは、なかなか大変だと思うよ」

そう言って、恭史郎が肩をすくめる。

「しかも今回の依頼主は、けっこうこだわりの強い人みたいでね。一成くんも試行錯誤しながら、いろいろ案を出してるけど、ことごとく却下されて」

（それで食生活がボロボロに……!?）

「今日は菓子工房が休みだろう？　これ幸いとばかりに、朝から部屋にこもって依頼の仕事に集中してるよ。あんまり根を詰めすぎるなとは言ったけど、聞きやしない。やっぱり筋金入りの頑固者だよ」

あきれ顔で愚痴《ぐち》っていても、一成を心配する気持ちは伝わってくる。

困ったようにため息をついた恭史郎が、台所の時計に目をやった。

「おっと、そろそろ出ないと」

「お仕事ですか？」

「一成くんは休日でも、俺は通常営業だからね」

台所に入ってきた恭史郎が、ダイニングテーブルの上に置かれたケースの中から、楊枝《ようじ》を一本引き抜いた。近くにあった大根と柚子《ゆず》の漬け物を、「味見」と称してひょいと口に入れる。いまの季節ならではの、甘酸《あまず》っぱい副菜だ。

「うん、美味《うま》い。都ちゃんがつくるものはなんでも最高だな」

時間が迫っていても、恭史郎は笑顔と褒め言葉を忘れない。さすがである。

「戻るのは夕方以降になりそうだから、昼食はつくらなくていいよ。一成くんにはお昼ごろ、濃い目の緑茶を出してあげるとよろこぶ気がする」

「わかりました。行ってらっしゃい」

玄関で恭史郎を見送ってから、都は台所に戻った。

常備菜づくりに夢中になっていると、あっという間に正午になる。

(恭史郎さんは、一成さんはお茶だけでいいって言ってたけど……)

お昼抜きというのはやはり心配だったので、軽めの差し入れをつくることにした。

冷蔵庫からとり出した卵は、沸騰《ふっとう》させたお湯に入れて固茹《ゆ》でに。殻《から》をむいた卵は泡立て器を使って、ボウルの中でつぶしていく。マヨネーズで和《あ》え、塩コショウで味をととのえれば、具材の完成だ。

(食パンは六枚切りかぁ……。ちょっと分厚くなるけど、まあいいか)

都は袋からパンを出し、片面にバターを塗り広げていった。

マスタードも塗ろうとしたが、一成は辛いものが苦手だったことを思い出し、ぎりぎりで回避する。さきほどつくった具材は上にのせ、二枚のパンでぎゅっと挟みこんだ。仕上げに耳を落として斜めにカットすれば――

「特製玉子サンドのできあがり!」

完成したのは、具材をたっぷり挟んだ、ボリュームのあるサンドイッチ。

卵は一成の好物だし、栄養もある。ひとつでも食べてくれたら安心だろう。

ラップをかけたサンドイッチは、お茶と一緒にお盆で運んだ。一成の部屋の前で立ち止まった都は、閉められた障子の向こうに声をかける。

「あの、一成さん。お茶をお持ちしましたので、少し休憩しませんか?」

しばらく待っても、返事はない。もう一度呼びかけても、結果は同じ。

(寝てるのかな? だったら起こすのは悪いよね)

だがしかし。まさかとは思うけれど、体調不良で倒れている可能性も……。

悪い想像が頭の中を駆けめぐり、血の気が引いたときだった。石鹸《せっけん》のような香りが鼻先をくすぐり、背後から低い声が聞こえてきた。

「僕の部屋になにか用ですか?」

「うわぁ!」

おどろきのあまり、野太い悲鳴が出てしまった。こういうとき、可愛く「きゃあ」と言える女子などいるのだろうかと、どうでもいいようなことを考える。

おそるおそるふり向くと、思いのほか近くに一成が立っていた。

お風呂上がりなのか、そこはかとなくいい匂いがする。ドライヤーで乾かしたと思しき髪は、ふんわりつややか。熱いお湯で血行がよくなったらしく、普段はあまり血の気を感じられない顔が、ほんのり上気していた。

「一成さん、お風呂に入ったんですか?」

「シャワーのみですが。頭をすっきりさせてから、もう一度考え直そうと思いまして」

前髪をかき上げた一成が、さらりと答える。

「それで、都さんはなぜここに?」

「あ、えーと……。お茶を淹れたので、お風呂上がりの一杯などいかがでしょう」

「ありがとうございます。お茶以外のものもあるようですが?」

一成の視線が、ラップに包まれたサンドイッチに向けられる。

「これは玉子サンドです。お昼はいらないって聞いたんですけど、このくらいなら食べられるかもと思って。余計なことだったらすみません」

「いえ、せっかくなのでいただきます」

即答だった。やはり玉子が決め手だったようだ。

一成の心をつかむことに成功し、都は心の中でガッツポーズをする。

「どうぞお入りください」

障子を開けた一成が、部屋の中に入っていく。都がこの屋敷で働きはじめてから、すでに八か月あまり。間取りは把握《はあく》しているが、一成と恭史郎の私室は、いまだに未知の領域だ。はやる気持ちを抑えながら、中へと足を踏み入れる。

「失礼します……」

「少し散らかっていますが、お気になさらず」

はじめて入った一成の部屋は、二間続きの和室だった。

どちらも六畳間で、山水画が描かれた襖《ふすま》で仕切られている。奥のほうは寝室、手前は書斎として使っているようだ。

書斎にはレトロな書棚や和簞笥《わだんす》のほかに、文豪が使うような文机《ふづくえ》も置いてあった。手元を照らすテーブルランプも、傘の部分がステンドグラスになっていて、とてもお洒落な印象だ。なんだか過去にタイムスリップでもしたかのような気分になったが、座卓の上に放置されたスマホが、ここは現代なのだということを主張している。

「素敵なお部屋ですねえ……。一成さんのイメージ通り」

「恭史郎さんには、生まれてくる時代を間違えたなと言われましたよ」

「着物もそうですけど、和風がお好きなんですね」

「ええ。こういうものに囲まれていると、心が安らぎます。子どものころは、古臭い趣味だとからかわれましたが」

（一成さん、昔からこんな感じだったのか……）

想像できるような、できないような。

座卓の上にお盆を置くと、隅《すみ》のほうにまとめてある、何枚もの紙が目に入った。どうやら和菓子のデザイン案のようだ。興味を引かれて見つめていると、背後から伸びてきた手が、紙束を都が見えない位置に隠してしまう。

「あ……」

「あまり見ないでもらえますか。却下されたものなので」

「す、すみません」

「いや、都さんがあやまることはないんです。置いたままにしていた僕が悪い」

取りつくろうように言った一成が、紙束を文机の引き出しにしまいこむ。

お茶とサンドイッチは届けたし、仕事の邪魔になる前に戻ろう。そう思って部屋から出ていこうとしたとき――

「都さん」

呼びかけてきた一成が、「よかったら」と続ける。

「ここで一緒にお茶を飲みませんか？　少し……話をしたい気分なので」

引き止めるような誘いの言葉。一成がそんなことを言ったのははじめてだったので、都は「いいですよ」と微笑んだ。いったん台所に戻り、お茶が入った急須と追加の湯呑みをお盆にのせて、ふたたび一成の部屋に向かう。

座布団の上に座った都は、急須からそそいだ緑茶に口をつけた。

「はー……。こういうお部屋で飲むお茶って、いつもよりおいしく感じます」

「そうですか？　でもたしかに、雰囲気は大事ですね」

座卓を挟んだ正面で、一成が納得したようにうなずく。

緑茶で喉を潤し、好物が入ったサンドイッチでお腹を満たすと、心もあたたまってきたのだろう。鉄壁の無表情がわずかに崩れ、ほんの少しだけ口角が上がる。都はそのかすかな変化を見逃さなかった。

「……久しぶりに、おのれの未熟さを痛感しました」

湯呑みを置いた一成が、ぽつりと言った。

「『ことりや』の常連さんは、僕がつくった和菓子をいつも褒めてくれたので……。新規のお客さんにも認めてもらえるだろうと、無意識に高《たか》をくくっていた気がします。僕のような若輩者は、まだまだ鍛錬が必要なのに」

三十一歳になった一成は、その道に入って十数年。

けれど和菓子職人の世界では、いまだに雛鳥《ひなどり》なのかもしれない。

（でも、いまの一成さんは、じゅうぶん立派な職人さんだと思いますよ）

余計な口は挟まなかったが、都は心の中でそう言った。

本当に未熟なら、「ことりや」があれだけ繁盛するわけがない。

裏で支える恭史郎の力も大きいけれど、肝心《かんじん》の和菓子が物足りなければ、お客がついてもすぐに離れていただろう。多くの人々に愛され、着実に顧客を増やし続けることができているのは、間違いなく一成の力なのだ。

それでも彼は驕《おご》らずに、さらなる鍛錬を決意している。

「何度も却下されているうちに、父のことを思い出しました」

(一成さんのお父さん――)

たしか彼の父親も、和菓子職人だったはず。

そして一成は、その父のもとで修業を積んでいたのだ。

「お父さま、厳しかったんですか?」

「それはもう。息子といえども容赦《ようしゃ》せず、鬼のような指導でしたね。ですが、師匠と弟子から親子に戻れば、とても優しい人だったんですよ。和菓子に対して妥協せず、真剣に向き合っていた証《あかし》でしょう」

一成は昔をなつかしむように目を細めた。

「数えきれないくらい叱られましたが、理不尽な怒り方はしませんでした。褒めるときは全力で褒めてくれたし……。飴《あめ》と鞭《むち》の使い方が上手《うま》かったな」

（一成さん、お父さんのことが大好きなんだなぁ）

いまの彼が在《あ》るのは、父親が大きな愛情を持って、厳しく鍛え上げてくれたからなのだろう。一成の口調からも、尊敬していることが伝わってくる。

しかし――

「鬼籍に入った父がいまの僕を見たら、また叱るかもしれませんね」

「……」

彼の父親は、すでにこの世の人ではない。会いたくても会えないのだ。

「新しいお客さんのおかげで、目が覚めました。これから気を引きしめます」

そんな言葉で締めくくった一成の表情は、心なしかすっきりしているように見える。

都に話したことで、心の整理ができたのだろうか。自分は耳をかたむけることしかできなかったけれど、役に立てたのなら嬉しい。

「和菓子職人といえば……。たしか都さんのお父上もそうでしたね」

「はい。残念ながら、わたしは職人にはなりませんでしたけど」

そういえば、父が経営しているあの店には、後継者はいるのだろうか？

もしだれもいなければ、父の代で終わってしまうのかもしれない。そう思うと、なんとも言えないさびしさを感じた。

「お父上とは会っているんですか?」

「最近は電話だけですね。お互いに仕事があるので、なかなか」

「大人になれば、そんなものかもしれませんね。けれど嫌いでない相手なら、会えるときに会っておいたほうがいいような気もします」

静かな表情を浮かべた彼は、さびしげに続けた。

「その人がいつまでも、会える場所にいるとは限りませんから」


「いらっしゃいませ!」

朝からちらほらと雪が舞う、凍《こご》えるような二月のはじめ。

ガラスのドアを開けて入ってきた女性客に、都は元気よく声をかけた。

「こんにちは。今日は一段と寒いですね」

「ほんとにねえ。ところであなた、新しいバイトさん?」

七十歳くらいに見えるその人は、おそらく常連客なのだろう。桜色のエプロンと三角巾《きん》をつけ、和菓子が並んだショーケースの奥に立つ都に、不思議そうな目を向けてくる。にこりと笑った都は、「いえいえ」と口を開いた。

「わたしは臨時の店番です。今日はパートさんが急病でお休みしていて」

「田村《たむら》さんが？　風邪かしら」

「そうみたいです。ここは父の店なんですけど、わたしはたまたま遊びに来ていて。代わりに入ることになったんですよ」

女性が目を丸くした。都の顔をまじまじと見つめる。

「門倉さんのお嬢さんってことは……。もしかして、都ちゃん？」

都が「はい」と答えると、女性の表情がぱっと華やいだ。嬉しそうに声をはずませる。

「あらまあ、そうなの！　久しぶりねえ。憶えてないかしら。角のところの……」

「あっ。美容院のおばちゃん!?　ご無沙汰《ぶさた》してます」

「最後に会ったの、小学生のころだったわよね。あのころはまだランドセルを背負ってたのに、すっかりきれいなお姉さんになって」

「いやいや、そんな……」

たとえお世辞であっても、褒められると照れてしまう。

子どものころ、よく都の髪を切ってくれた美容師の女性は、記憶にある姿よりも十数年ぶん歳《とし》を重ねていた。髪は白くなり、シワも増えていたけれど、昔の面影も色濃く残っていてなつかしい。

「都ちゃん、いくつになったの？」

「来月で二十六になります」

「じゃあもう社会人？　時がたつのははやいわねえ。私も歳をとるわけだわ」

頬に手をあてた女性が、しみじみと言う。

「いまはどこに住んでるの？　県内？」

「あ、いえ。神奈川の鎌倉市です」

「あら素敵！　前にお友だちと旅行したことあるけど、いいところよね。そのときは一泊だったから、次は二泊くらいしたいわぁ。あ、旅行といえばね……」

今日は寒くて雪も降っているからか、話をしている間もほかのお客は来ていない。

都を相手に思うぞんぶんおしゃべりしてから、女性はショーケースに並べられた和菓子に視線を落とした。お目当てのものを見つけたのか、口元がほころぶ。

「この桜餅、ふたついただくわ」

「ふたつですね。ありがとうございます」

トングを手にした都は、透明なフィルムにくるまれた桜餅をとり、フードパックの中に入れた。会計をしていると、女性がふたたび話しはじめる。

「桜餅って、立春の今日から販売するんでしょう？」

「ええ。そうみたいです」

「私も旦那も、門倉さんの桜餅が大好物でね。いまかいまかと待っていたのよ。だから雪が降ろうと槍《やり》が降ろうと、この日に買うって決めてたの。このお店、そういう常連さんがわりといるから、閉店までには売りきれると思うわよ」

「売りきれ……ますかね？　まだたくさんありますけど」

「うふふ。都ちゃん、お父さんの力を見くびったらいけないわ」

買い物を終えた女性が帰っていくと、店内に静寂がおとずれる。

ひと息ついた都は、おもむろに店の中を見回した。

（あらためて見てみると、やっぱり古くなったなぁ……）

都の父、門倉徹《とおる》が営む和菓子屋があるのは、山梨県の甲府《こうふ》市。

素材にこだわった手づくりの和菓子を、祖父から父の代に渡って、現在もつくり続けている。戦後の高度経済成長期のさなかに祖父がはじめた店なので、老舗《しにせ》と呼べるほどの歴史はない。それでも地道な努力で、不景気の波もなんとか乗りきってきた。

祖父から父に代替わりして、一時は経営が危うくなった時期もあったのだが、現在は持ち直しているそうだ。左うちわにはほど遠く、儲かっているとはとても言えない。それでも長年の常連客らに支えられ、したたかに生き残っている。

「お父さんの力……か」

ぽつりとつぶやいた都は、ちらりと背後に目をやった。

暖簾の向こう側には厨房があり、父はいま、そちらで和菓子をつくっている。

依頼の数は少ないが、「ことりや」のように大口の注文を受けることもあるらしい。店番にはパートを雇い、父は厨房で作業をするのが基本だそうだ。事務まで雇う余裕はないから、そちらは自分で行っているとか。

都が子どものころは、裏方の仕事は母と祖母が協力して行っていた。

しかし離婚で母は去り、引き続き手伝っていた祖母も、四年ほど前に亡くなった。祖父はすでに故人なので、父は現在、ひとりでこの店を守り続けている。

「なつかしいな……」

都がこの店に足を踏み入れたのは、実に十四年ぶりのこと。

父とは別の場所で会っていたが、どうしてもここに来る気にはなれなかった。いがみ合う両親の姿を思い出し、嫌な気持ちになるのではと恐れたからだ。

けれども勇気を出して来てみると、覚悟していたほどつらくはない。むしろすべてがなつかしく、自然と心が安らいだ。十四年という長い年月に加え、現在の母が父を憎んではいないと知ったことで、呪縛が解けたのかもしれなかった。

いま、ここに残っているのは、幸せだったころの家族の記憶。

暗く重たい記憶が染みつくよりは、ずっといい。

（一成さんのおかげだな）

『その人がいつまでも、会える場所にいるとは限りませんから』

あのとき一成の話を聞いたあと、都は父に電話をかけた。

はじめはいつものように、どこかで食事をしようと誘った。父と会うときは、常にそのパターンだったからだ。しかし父は、これまでとは違った反応を見せた。考えこむような沈黙を経《へ》て、「かどくら」で会う気はないのかと言ったのだ。

思いがけない言葉に都はうろたえ、大いに迷った。

しかしこの機会を逃せば、次はいつ、そのときが来るかわからない。

そう直感したから、心を決めてここまで来たのだ。

（でもまさか、着いたとたんに働くことになるとはね）

おどろきはしたけれど、両手を合わせて「頼む！」とお願いされたら、断るわけにもいかない。少しでも父の助けになればいいと思って、都はこころよく引き受けた。そして現在に至るというわけだ。

今日は母屋に泊まるので、夜は父とゆっくり話せる。

どんな話をしようかと考えていると、ふたたび出入り口のドアが開いた。

「いらっしゃいませ！」

顔を上げた都は、あらたなお客に笑いかけた。


それから数時間が過ぎ、閉店の時刻になった。

都がせっせと売上金を確認していると、店のシャッターを閉めた父が言う。

「そんなことまでさせて悪いな」

「ううん。こういうの、はやめにやらないと落ちつかなくて」

「じゃ、それが終わったら厨房に来いよ。茶でも飲んで休憩しよう」

しばらくして作業が終わると、都は売上金をまとめて保管袋に入れた。父に渡せば金庫にしまってくれるだろう。

(それにしても……。ほんとに桜餅が完売するとは)

あの女性が言っていた通り、ショーケースに桜餅はひとつも残っていない。販売初日ということもあってか、天気が悪いにもかかわらず、桜餅を求めるお客が次々にあらわれたのだ。夕方までにはすべて売り切れ、残念がる人も多かった。

かつては不人気だった桜餅を、ここまで売れる商品に仕立て上げたのは、ほかでもない父の功績だ。父は長命寺《ちょうめいじ》と道明寺《どうみょうじ》、二種類あったラインナップをひとつにしぼった。そして改良に改良を重ねた結果、現在の桜餅を生み出したのだ。

そしてそれは、母と別れたあとのこと。

母は秀敏という伴侶を得たが、父はいまでも独り身だ。

しかしそこに、さびしさは感じられない。和菓子職人として生き、その腕を磨きながら店を切り盛りすることが、父にとっての幸福なのだろう。

「お父さん、売上金持ってきたよー」

「おう、お疲れ」

袋を片手に厨房に入ると、コンロの前に立っていた父がふり返る。

板前のような調理用の白衣に身を包み、白い和帽子をかぶったスタイルは、都が子どものころから変わっていない。身長はさほど高くはないのだが、きつめの顔立ちだから近寄りがたい雰囲気もある。それでも都にとっては、たったひとりの大事な父だ。

「都、今日はありがとな。おかげで助かったよ」

父がお茶と一緒に持ってきたものを見て、都は目を輝かせた。

「桜餅だ！」

「ひとつとっておいたんだよ。ほら、そこに座れ」

手を洗い、スツールに腰を下ろした都は、胸をときめかせながら桜餅を受けとった。

丸皿にのったそれは、一成がつくったような長命寺ではない。関西風の道明寺だ。

使われているのは小麦粉ではなく、蒸した餅米を干し、乾燥させてから粗挽《あらび》きした道明寺粉。やわらかそうな餅菓子は、桜の花びらを溶かしたかのようなピンク色だ。香り高い塩漬け桜葉にくるまれて、その葉が開かれるのを待っている。

父がつくった桜餅は、弾力のあるもっちりとした道明寺粉の生地に、なめらかで口溶けのよいこしあんが包まれていた。ひと口食べた瞬間に、幸福な甘さで満たされる。

「すごくおいしい……！　前に食べたものとぜんぜん違う」

「だろ？　母さんのアドバイスを生かしたんだ」

はっとして顔を上げると、おだやかな表情の父と目が合った。その顔に陰《かげ》りはない。

母はもう、父のことを憎んではいない。では、父のほうはどうなのだろう？

ずっと知りたかった答えが、いま、自分の目の前にある。

「興味があるなら、明日は早起きするんだな。桜餅をつくるところを見せてやる」

大きく目を見開いた都に、父は微笑みながら「それで」と続けた。

「帰るときは土産を持っていくといい。母さんといまの旦那にな」

結びの章

「――それじゃ、これで失礼しますね」

「お疲れ様。次に来たときは、アジフライをつくってくれると嬉《うれ》しいな」

玄関まで見送ってくれた恭史郎《きょうしろう》が、にっこり笑ってリクエストをする。アジフライと繰り返した都《みやこ》は、なつかしさに目を細めた。

「はじめてこのお屋敷に来たときも、アジフライをつくりましたね」

「あれからもうすぐ一年か。光陰矢の如《ごと》しって感じだなぁ」

感慨深げにつぶやいた恭史郎が、廊下の奥からのたのたと近づいてきた三毛猫の源《げん》を抱き上げた。ぽっちゃりボディが魅力的な源は、少々重たいけれど、ぬいぐるみのようにやわらかくて抱き心地がいいのだ。

「アジフライ、楽しみにしてるからね―」

「ブニャン」

恭史郎と源に会釈をしてから、都は玄関の引き戸を開けて外に出た。

三月もすでに後半。気まぐれに吹き抜ける風はあたたかく、ほのかに甘い春の香りを含んでいる。優しい水色の空には、綿菓子のような雲が浮かんでいた。桜も開花し、草花も生き生きと芽吹く、輝かしい季節がやって来たのだ。

外はいつものように静かだった。ときおり小鳥のさえずりが聞こえてくる。

(明日は休みだから、季節の食材を使ったご飯をつくろうかな)

春キャベツに桜海老《さくらえび》。タラの芽にアスパラ。新玉ねぎ――

そうだ。明日は天ぷらにしよう。

「ん?」

なんとなく既視感を覚えて立ち止まる。いつかもこんなことを考えたような……?

小首をかしげたとき、どこからか「都さん」と声をかけられた。

「今日の仕事は終わったようですね。お疲れ様です」

「一成《いっせい》さん……?」

視線を向けた先には、うぐいす色の着物に袖《そで》を通した一成の姿。肩には三毛猫の桃《もも》が当然とばかりにのっていて、やはり既視感に襲われる。夢と現《うつつ》の間にいるかのような、不思議な気持ちでぼんやりしていると、一成がおもむろに口を開いた。

「もうすぐ花桃《はなもも》が咲きますよ」

「え……」

「一年がたつのは、本当にはやいですね」

その言葉で、都はようやく我に返った。

つぼみをつけた花桃の木のそばに立つ一成は、あいかわらずの無表情だ。

けれど都は知っている。彼がその顔の下に、多くの感情を秘めていることを。

「ああそうだ」

一成が思い出したように口を開いた。

「さきほど連絡が来まして。例の茶席の主菓子《おもがし》、好評だったそうですよ」

「ほんとですか？　よかったですね！」

「これからも注文をしたいそうです。さらに精進しなければ」

──なるほど。このことを伝えたくて待っていたのか。

さりげなさを装っているけれど、本当は嬉しくてたまらないのだ。この一年で、彼はそういう人なのだとわかるようになった。

口元をほころばせた都は、一成の隣に立ち、花桃の木を見上げた。

「わたしも一成さんたちのために、これからもおいしい食事をつくりますね」

北鎌倉《きたかまくら》の桃源郷《とうげんきょう》に、ふたたび美しい季節がおとずれる。
これからはじまる二年目も、「をかし」なものに違いない。

※この作品はフィクションです。実在の人物・団体・事件などにはいっさい関係ありません。

集英社オレンジ文庫をお買い上げいただき、ありがとうございます。
ご意見・ご感想をお待ちしております。

● あて先
〒101-8050　東京都千代田区一ツ橋2-5-10
集英社オレンジ文庫編集部 気付
小湊悠貴先生

若旦那さんの「をかし」な甘味手帖
北鎌倉ことりや茶話

集英社
オレンジ文庫

2023年12月24日　第1刷発行
2024年 1 月30日　第2刷発行

著　者　小湊悠貴
発行者　今井孝昭
発行所　株式会社集英社
〒101-8050東京都千代田区一ツ橋2-5-10
電話【編集部】03-3230-6352
【読者係】03-3230-6080
【販売部】03-3230-6393（書店専用）
印刷所　TOPPAN株式会社

ISBN 978-4-08-680534-6 C0193

集英社オレンジ文庫

小湊悠貴
ゆきうさぎのお品書き

シリーズ

①6時20分の肉じゃが
大学生の碧は、若店主・大樹が営む小料理屋でバイトすることに!

②8月花火と氷いちご
先代店主の祖母が大樹に教えなかった豚の角煮のレシピとは…?

③熱々おでんと雪見酒
大樹の弟の奥さんがご来店! 突然の訪問にはある事情があって…。

④親子のための鯛茶漬け
新しい家族との親睦も、思い出の味の再現も「ゆきうさぎ」にお任せ!!

⑤祝い膳には天ぷらを
昼間のパート募集をはじめた矢先、さっそく応募してきたのは…?

⑥あじさい揚げと金平糖
消息不明だった大樹の叔父が現れ「ゆきうさぎ」が閉店の危機に!?

⑦母と娘のちらし寿司
教員採用試験を受けられなかった失意の碧に、大樹は寄り添って…。

⑧白雪姫の焼きりんご
恋人になった碧と大樹。けれど厳格な大樹の祖母が来店して…?

⑨風花舞う日にみぞれ鍋
碧が大樹の祖母についにお許し!? けじめと新たな出発の予感!!

⑩あらたな季節の店開き
「ゆきうさぎ」の常連客や従業員のあれからやこれからが満載!!

好評発売中

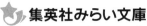

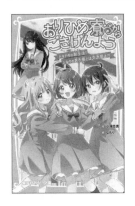